Tucholsky Wagner Zola Scott Sydow Freud Schlegel
Turgenev Fonatne
Twain Wallace Walther von der Vogelweide Fouqué Friedrich II. von Preußen
Weber Freiligrath Frey
Fechner Fichte Weiße Rose von Fallersleben Kant Ernst Richthofen Frommel
Fehrs Engels Fielding Hölderlin Tacitus Dumas
Faber Flaubert Eichendorff Eliasberg Ebner Eschenbach
Feuerbach Maximilian I. von Habsburg Fock Zweig Vergil
Ewald Eliot
Goethe Elisabeth von Österreich London
Mendelssohn Balzac Shakespeare Dostojewski Ganghofer
Trackl Lichtenberg Rathenau Doyle Gjellerup
Mommsen Stevenson Tolstoi Hambruch
Thoma Lenz Hanrieder Droste-Hülshoff
Dach Verne von Arnim Hägele Humboldt
Reuter Hauff
Karrillon Rousseau Hagen Hauptmann Gautier
Garschin Baudelaire
Damaschke Defoe Hebbel
Descartes Hegel Kussmaul Herder
Wolfram von Eschenbach Dickens Schopenhauer George
Bronner Darwin Melville Grimm Jerome Rilke
Campe Horváth Aristoteles Bebel Proust
Bismarck Vigny Voltaire Federer Herodot
Gengenbach Barlach Heine
Storm Casanova Tersteegen Grillparzer Georgy
Chamberlain Lessing Gilm Gryphius
Brentano Langbein Lafontaine
Strachwitz Claudius Schiller Kralik Iffland Sokrates
Bellamy Schilling
Katharina II. von Rußland Gerstäcker Raabe Gibbon Tschechow
Löns Hesse Hoffmann Gogol Wilde Gleim Vulpius
Luther Heym Hofmannsthal Klee Hölty Morgenstern
Roth Heyse Klopstock Kleist Goedicke
Luxemburg Puschkin Homer Mörike
Machiavelli La Roche Horaz Musil
Navarra Aurel Musset Kierkegaard Kraft Kraus
Nestroy Marie de France Lamprecht Kind Kirchhoff Hugo Moltke
Laotse Ipsen Liebknecht
Nietzsche Nansen Ringelnatz
von Ossietzky Marx Lassalle Gorki Klett Leibniz
May vom Stein Lawrence Irving
Petalozzi Knigge
Platon Pückler Michelangelo Kafka
Sachs Poe Kock
Liebermann Korolenko
de Sade Praetorius Mistral Zetkin

Der Verlag tredition aus Hamburg veröffentlicht in der Reihe **TREDITION CLASSICS** Werke aus mehr als zwei Jahrtausenden. Diese waren zu einem Großteil vergriffen oder nur noch antiquarisch erhältlich.

Symbolfigur für **TREDITION CLASSICS** ist Johannes Gutenberg (1400 — 1468), der Erfinder des Buchdrucks mit Metalllettern und der Druckerpresse.

Mit der Buchreihe **TREDITION CLASSICS** verfolgt tredition das Ziel, tausende Klassiker der Weltliteratur verschiedener Sprachen wieder als gedruckte Bücher aufzulegen – und das weltweit!

Die Buchreihe dient zur Bewahrung der Literatur und Förderung der Kultur. Sie trägt so dazu bei, dass viele tausend Werke nicht in Vergessenheit geraten.

Eine Nacht

Erzählungen

Wsewolod Michailowitsch Garschin

Impressum

Autor: Wsewolod Michailowitsch Garschin
Übersetzung: Fega Frisch
Umschlagkonzept: toepferschumann, Berlin

Verlag: tredition GmbH, Hamburg
ISBN: 978-3-8472-4953-5
Printed in Germany

Text der Originalausgabe

Wsewolod Michailowitsch Garschin

Eine Nacht

Erzählungen

1926

Eine Nacht

I

Die Taschenuhr, die auf dem Schreibtisch lag, sang hastig und eintönig zwei Noten. Der Unterschied zwischen diesen Noten war, selbst für das feinste Ohr, schwer wahrzunehmen. Ihrem Besitzer aber, dem bleichen Herrn, der an diesem Tisch saß, erschien das Ticken der Uhr wie ein ganzes Lied.

»Dieses Lied ist trostlos und trübselig,« sprach der bleiche Mensch zu sich selbst. »Die Zeit selbst singt es und singt wie zu meiner Belehrung erstaunlich eintönig. Drei, vier, zehn Jahre zurück hat die Uhr genau so getickt wie heute und wird in zehn Jahren ganz ebenso ticken.« Und der bleiche Mensch warf einen trüben Blick auf sie, wandte aber die Augen sofort von ihr ab, dorthin, wohin er vorher, ohne etwas zu sehen, gestarrt hatte.

»Im Takt ihres Ganges ist das ganze Leben mit seiner ganzen scheinbaren Mannigfaltigkeit dahingegangen: mit Kummer und Freude, mit Verzweiflung und Begeisterung, mit Haß und Liebe. Und nur jetzt, in dieser Nacht, da alles in der riesengroßen Stadt und in dem riesengroßen Hause schläft und da es keine anderen Laute gibt als das Pochen des Herzens und das Ticken der Uhr, nur erst jetzt sehe ich, daß alle diese Betrübnisse, Freuden, Begeisterungen und alles, was im Leben geschehen ist, lauter körperlose Gespenster sind. Sowohl die einen, denen ich nachgejagt bin, ohne zu wissen warum, als die anderen, die ich floh, ohne zu wissen warum. Ich wußte damals nicht, daß es im Leben nur ein wahrhaft Seiendes gibt – die Zeit. Die Zeit, die schonungslos gleichmäßig dahingeht, ohne dort stehenzubleiben, wo der unglückliche, nur dem Augenblick lebende Mensch verweilen möchte und die den Schritt nicht um das geringste beschleunigt, selbst dann, wenn die Wirklichkeit so schwer ist, daß man sie zu einem vergangenen Traum machen möchte; die Zeit, die nur ein Lied kennt, dasjenige, das ich jetzt so qualvoll deutlich höre.«

Er dachte es, die Uhr aber tickte und tickte weiter, das ewige Lied der Zeit lästig wiederholend. An vieles erinnerte ihn dieses Lied.

»Seltsam in der Tat, Ich weiß, es kommt vor, daß irgendein besonderer Geruch oder ein Gegenstand von ungewöhnlicher Form oder ein sehr ausgesprochenes Motiv in der Erinnerung ein ganzes Bild aus dem Längsterlebten wachruft. Ich weiß noch, ein Mensch lag im Sterben, ich war zugegen; ein italienischer Leierkastenmann machte halt vor dem offenen Fenster, und im selben Augenblick, als der Kranke seine letzten, zusammenhanglosen Worte gesprochen, den Kopf zurückgeworfen hatte und in der Agonie zu röcheln begann, ertönte das fade Motiv aus ›Martha‹:

›Spitze Pfeile für die Vögel...‹

Und seitdem erscheint, sooft ich dieses Motiv höre – und ich höre es zuweilen bis auf den heutigen Tag. Fadheiten pflegen lange nicht zu sterben – vor meinen Augen sofort das zerwühlte Kissen und ein bleiches Gesicht darauf. Wenn ich aber ein Leichenbegängnis sehe, beginnt sofort ein kleiner Leierkasten mir ins Ohr zu spielen:

›Spitze Pfeile ...‹

»Pfui, wie abscheulich! ... Ja. worüber habe ich eigentlich angefangen nachzudenken? Ja, ja: warum erinnert mich die Uhr, an deren Schlag ich scheinbar mich längst hätte gewöhnen müssen, an so vieles? An das ganze Leben. ›Weißt du noch, weißt du noch, weißt du noch‹ ... Ich weiß noch! Ich weiß sogar noch viel zu gut alles, selbst das, woran ich mich lieber nicht erinnern sollte. Von diesen Erinnerungen verzerrt sich das Gesicht, die Faust ballt sich, und schlägt wie rasend auf den Tisch ... Jetzt hat der Schlag das Lied der Uhr übertönt und einen Augenblick höre ich es nicht, aber nur einen Augenblick, denn sofort ertönt es wieder frech, zudringlich und hartnäckig:

›Weißt du noch, weißt du noch, weißt du noch?‹« »O ja, ich erinnere mich. Man braucht mich nicht daran zu erinnern, mein ganzes Leben – da liegt es vor mir wie auf der flachen Hand. Eine Augenweide!«

Er rief dies laut, mit geborstener Stimme: etwas preßte ihm die Kehle zusammen. Er dachte, daß er sein ganzes Leben sah: er erinnerte sich an eine Reihe häßlicher und finsterer Bilder, in denen er selbst die Hauptperson war; er erinnerte sich an den ganzen

Schmutz seines Lebens, wühlte den ganzen Schmutz seiner Seele auf, fand in ihr kein einziges reines und helles Fleckchen und war überzeugt, daß in seiner Seele nichts als Schmutz zurückgeblieben war.

»Es ist nicht nur nichts zurückgeblieben, sondern es war auch niemals etwas vorhanden,« – verbesserte er sich selbst. Eine schwache, schüchterne Stimme aus einem ganz entlegenen Winkel seiner Seele sagte ihm:

»Stimmt es auch, war es wirklich nicht vorhanden?«

Er überhörte diese Stimme oder tat vor sich selbst wenigstens so, als hätte er sie überhört und fuhr fort, sich zu zerfleischen.

»Alles habe ich in meinem Gedächtnis durchgenommen und es scheint mir. daß ich recht habe, wenn ich sage, daß ich bei nichts haltmachen, nirgends meinen Fuß hinstellen kann, um den ersten Schritt vorwärts zu tun. Wohin denn vorwärts? Ich weiß es nicht, nur möchte ich herab aus diesem Zauberkreis. In der Vergangenheit habe ich keine Stütze, denn alles ist Lüge, alles ist Betrug. Ich habe gelogen und mich selbst betrogen, ohne mich zu besinnen. So betrügt die Menschen ein Gauner, der sich als ein reicher Mann ausgibt und von seinen Reichtümern erzählt, die sich »irgendwo« befinden und noch nicht angekommen seien, die aber da sind, und der rechts und links Geld borgt. Ich habe mein ganzes Leben lang mich selbst angepumpt. Jetzt ist die Zahlungsfrist gekommen – und ich bin bankerott, bösartig, mit Wissen und Willen ...« Er überlegte diese Worte mit einem seltsamen Genuß. Er war scheinbar stolz auf sie. Er merkte nicht, daß er, da er sein ganzes Leben einen Betrug nannte und sich in den Schmutz zog, auch jetzt log, mit der allerschlimmsten Lüge auf der Welt, mit der Lüge sich selbst gegenüber. Denn in Wirklichkeit schätzte er sich gar nicht so niedrig ein. Wenn ihm jemand auch nur den zehnten Teil dessen gesagt hätte, was er selbst von sich an diesem langen Abend sagte, – würde auf seinem Gesicht nicht die Röte der Scham im Bewußtsein der Wahrheit des Vorwurfes, sondern die des Zornes treten. Und er hätte es vermocht, dem Beleidiger zu antworten, der seinen Stolz verletzt hatte, welchen er jetzt scheinbar so schonungslos zertrat.

War er aber er selbst? Er hatte einen Zustand erreicht, in dem er von sich nicht mehr sagen konnte: ich selbst. In seiner Seele sprachen Stimmen: sie sprachen allerlei, aber welche von diesen Stimmen eben ihm gehörte, seinem Ich, konnte er nicht unterscheiden. Die erste Stimme seiner Seele, die klarste, geißelte ihn in ganz klaren, sogar schönen Sätzen. Die zweite Stimme, eine unklare, aber zudringliche und beharrliche übertönte zuweilen die erste. »Peinige dich nicht,« sprach sie, »wozu? Betrüge alle lieber bis zu Ende. Mach aus dir für die anderen, was du nicht bist und es wird dir gut ergehen.« Es gab da auch noch eine dritte Stimme, dieselbe, welche fragte: »Stimmt es auch, war es wirklich nicht vorhanden?« Aber diese Stimme sprach schüchtern und kaum vernehmbar. Außerdem gab er sich auch keine Mühe, sie zu vernehmen.

»Betrüge alle ... Mach' aus dir nicht das, was du bist ... Habe ich mich denn wirklich das ganze Leben lang nicht bemüht, es zu tun? Habe ich nicht alle betrogen, nicht eine Rolle aus einer Farce gespielt? Und ist sie mir gut ›gelungen?‹ Sie ist mir so gelungen, daß ich auch sogar jetzt mir ›wie ein Schauspieler etwas vorspiele, daß ich jetzt auch nicht das bin, was ich in Wirklichkeit bin. Freilich, weiß ich denn, was ich in Wirklichkeit bin? Ich habe mich zu sehr verstrickt, um es zu wissen. Aber einerlei, ich fühle, daß ich schon einige Stunden hintereinander mir etwas vorspiele und mir klägliche Worte vorsage, denen ich selber nicht glaube, und sie mir sogar jetzt vor dem Tode vorsage. Wirklich vor dem Tode? Ja, ja, ja!« schrie er laut, jedesmal mit der Faust an den Rand des Tisches zornig schlagend, »ich muß ja schließlich aus diesem Wirrwarr heraus. Der Knoten war so verschlungen, daß ich ihn nicht lösen kann. Ich muß ihn durchschneiden. Wozu brauche ich noch so lange zu zögern, mir meine Seele peinigen, die ohnedies in Fetzen zerrissen ist. Wozu brauche ich, entschlossen wie ich bin, von acht Uhr abends wie ein Götze zu sitzen?«

Und er zog hastig aus der Seitentasche den Revolver.

II

Er hatte in der Tat auf demselben Fleck von acht Uhr abends bis um drei Uhr nachts gesessen.

Um sieben Uhr abends dieses letzten Tages seines Lebens verließ er seine Wohnung, mietete einen Schlitten, setzte sich gebückt hinein und fuhr an das andere Ende der Stadt. Dort wohnte ein alter

Freund von ihm, ein Arzt, der gerade heute, wie ihm bekannt war, beabsichtigte, mit seiner Frau ins Theater zu gehen. Er wußte, daß er die Hauswirte nicht antreffen würde, und fuhr hin, gar nicht um sie zu sehen. Man würde ihn als allen Bekannten gewiß ins Arbeitszimmer hereinlassen, und das war es eben, was er brauchte.

»Ja, man wird mich gewiß hereinlassen; ich will sagen, daß ich einen Brief schreiben muß. Wenn es nur Dunjascha nicht einfiele, sich im Arbeitszimmer aufzupflanzen... Fahr zu. Onkelchen!« rief er dem Kutscher.

Der Kutscher – ein kleiner Mann, mit einem vor Alter gebückten Rücken, einem sehr mageren, mit einer farbigen, aus dem weiten Rockkragen hervorquellenden Schärpe umwickelten Hals und gelblich weißen Haaren, die unter dem riesengroßen runden Hut hervorguckten, schmatzte, zog die Zügel an, schmatzte noch einmal, und begann hastig mit gebrochener Stimme zu sprechen.

»Wir werden Sie schon rechtzeitig hinbringen. Haben Sie nur keine Angst, Euer Wohlgeboren. No! no! Sieh die Mutwillige! Ist das ein Pferd, Gott verzeihe mir! No! no!« Er schlug es mit der Peitsche, worauf es nur mit einer leichten Bewegung des Schwanzes erwiderte.

»Ich wäre froh, es recht zu machen, aber mein Wirt hat mir da ein Pferdchen gegeben ... das ist schon einfach ... Die Herrschaften beklagen sich, aber was soll ich machen! Der Wirt sagt: du bist alt, Großväterchen, zu dir paßt ein altes Vieh. Ihr seid Altersgenossen. Und unsere Burschen lachen dazu. Sie sind froh, ihre Kehlen zu üben. Was machts ihnen? Ganz gewiß, was verstehen sie davon?«

»Verstehen sie nichts davon?« fragte der Fahrgast, der in diesem Augenblick daran dachte, ob ihn Dunjascha ins Arbeitszimmer hereinlassen wird.

»Wohl verstehen sie nichts. Euer Wohlgeboren, nichts verstehen sie. Und wie sollten sie verstehen. Sie sind dumm und jung. Bei uns im Hof bin ich allein ein alter Mann. Darf man denn einen alten Mann kränken? Ich lebe das achte Jahrzehnt auf der Welt, sie aber grinsen. Dreiundzwanzig Jahre war ich Soldat ... Freilich, sie sind dumm ... No. Alte, bist wohl erstarrt!«

Wieder hieb er auf das Pferd mit der Peitsche ein, da es aber diesen Schlag gar nicht beachtete, fügte er hinzu:

»Was ist mit ihr zu machen? Sie ist wohl auch schon einundzwanzig Jahre alt. Sieh, wie sie mit dem Schwanz wackelt.«

Auf dem beleuchteten Zifferblatt einer Uhr, die in einem der Fenster eines riesengroßen Baues angebracht war, stand der Zeiger auf halb acht.

»Sie sind schon gewiß fort,« dachte der Fahrgast vom Doktor und seiner Frau. »Vielleicht aber auch nicht... Jag' nicht so, Großväterchen, bitte! Fahr langsamer: ich habe es nicht eilig.«

»Gewiß, Väterchen,« sagte der Alte erfreut. »Es ist doch besser, langsam. No, Alte!«

Sie fuhren eine Zeitlang schweigend. Dann wurde der Alte kühner.

»Du, gnädiger Herr, sag' mir folgendes,« begann er plötzlich, indem er sich zum Fahrgast wandte, wobei er sein wie eine kleine Faust zusammengeschrumpftes Gesicht zeigte, mit dem dünnen grauen Bärtchen und den roten Augenlidern. »Woher kommt solches Ungemach über den Menschen? Es war ein Kutscher bei uns, Iwan hieß er. Er war jung, fünfundzwanzig Jahre oder vielleicht noch weniger. Was mag nur mit ihm los gewesen sein, weshalb und aus welcher Ursache wohl dieser Kerl sich selbst umgebracht hat?«

»Wer?« fragte der Fahrgeist leise und heiser.

»Nun, dieser Iwan, Iwan Sidorow. Er war bei uns als Kutscher. Ein lustiger Kerl und ein arbeitsamer, muß ich dir offen sagen. So einer war er. Und nun, am Montag, da aßen wir zur Nacht und legten uns schlafen. Iwan aber legte sich hin ohne gegessen zu haben. »Der Kopf tut mir weh,« sagte er. Wir schliefen ein, er aber stand in der Nacht auf und ging fort, so daß niemand es sah. Am Morgen gingen wir, um anzuspannen, da hing er im Pferdestall an einem Haken. Hat vom Haken das Geschirr runtergenommen und daneben gelegt – und einen Strick befestigt ... Ach, Gott! Damals war es so, als wenn man mir aufs Herz geschlagen hätte. Und was kann das für eine Ursache haben, daß ein Kutscher sich erhängt?

Wie ist es möglich, daß ein Kutscher sich erhängt! Eine seltsame Sache!«

»Warum denn nicht?« fragte der Fahrgast, sich räuspernd und sich mit zitternden Händen fest in seinen Pelz einwickelnd.

»Er hat eben diese Gedanken nicht, der Kutscher, Die Arbeit ist schwer und hart: kaum, daß der Morgen graut, heißt es anspannen und wegfahren. Bekanntlich bei Kälte und Frost. Da denkt er nur daran, in einem Wirtshaus sich zu erwärmen, den Erlös zu erreichen, damit die vollen zwei Rubel fünfundzwanzig eingebracht sind, und zurück in die Wohnung, um sich schlafen zu legen. Da ist schwer nachzudenken. Aber so einem von Ihrer Art, gnädiger Herr, so einem kommt alles in den Kopf von dem leichten Essen.«

»Von was für einem Essen?«

»Von der leichten Nahrung. Denn so ein gnädiger Herr steht auf, zieht seinen Schlafrock an, trinkt Tee und beginnt im Zimmer auf und ab zu gehen. Er geht herum, rings um ihn aber ist die Sünde. Ich habe auch manches gesehen, ich weiß. Es war bei uns im Regiment, im Tenginschen – ich diente damals im Kaukasus – ein Herr, ein Leutnant Fürst Wichljajew: ich wurde ihm als Bursche zugeteilt ...«

»Halt, halt, sagte plötzlich der Fahrgast. Hierher zu dieser Laterne. Von hier geh ich schon zu Fuß.«

»Wie es Ihnen beliebt: zu Fuß, dann zu Fuß. Danke, Euer Wohlgeboren.«

Der Kutscher machte kehrt und verschwand im Schneegestöber, welches sich zu entwickeln begann. Der Fahrgast aber schritt vorwärts, niedergeschlagen und gebückt. Zehn Minuten später stieg er die Treppe eines Hauses von mittlerer Eleganz zum dritten Stock hinauf und läutete an der Tür, die mit grünem Tuch beschlagen und mit einem messingnen, schön geputzten Schild verziert war. Unendlich lange zogen sich für ihn die wenigen Minuten hin, bis ihm die Tür geöffnet wurde. Stumpfe Vergessenheit umfaßte ihn, alles verschwand: die qualvolle Vergangenheit, das Geschwätz des leicht angetrunkenen Alten, das so seltsam zu der Situation paßte und ihn zum Gehen zu Fuß zwang, und sogar die Absicht, mit der er hierher gekommen war. Vor seinen Augen war nur die grüne Tür mit den schwarzen Bändern, die mit bronzenen Nägeln befestigt waren, und in der ganzen Welt war nur sie allein.

»Ach, Alexej Petrowitsch!«

Dies war Dunjascha, welche ihm mit einer Kerze in der Hand die Tür aufmachte.

»Der gnädige Herr und die gnädige Frau sind eben weggefahren. Eben sind sie die Treppe hinuntergegangen. Wie kommt es, daß Sie ihnen nicht begegnet sind?«

»Weggefahren? Wie ärgerlich, in der Tat!« log er mit einer so seltsamen Stimme, daß im Gesicht der ihm in die Augen schauenden Dunjascha sich Staunen zeigte. »Und ich wollte sie sprechen. Hören Sie, Dunjascha. Ich möchte ins Arbeitszimmer des Herrn für einen Moment ... Darf ich?« fragte er fast mit schüchterner Stimme. »Ich bin gleich fertig, nur einen Zettel muß ich ... es ist eine Sache ...«

Er sah sie überzeugend und mit einer Bitte in den Augen an, ohne abzulegen und ohne sich vom Fleck zu rühren. Dunjascha wurde verlegen.

»Was haben Sie denn, Alexej Petrowitsch, habe ich denn jemals ... Es ist doch nicht das erstemal.« sagte sie gekränkt. »Bitte schön.«

»In der Tat, wozu brauche ich das alles, wozu spreche ich das alles? Sie geht doch hinter mir her. Ich muß sie wegschicken. Wohin soll ich sie wegschicken? Sie wird es erraten, ganz gewiß: sie hat es sogar jetzt schon erraten.«

Dunjascha erriet gar nichts, obschon sie über das seltsame Aussehen und Gebaren des Gastes äußerst erstaunt war. Sie war allein in der ganzen Wohnung und war froh, wenigstens fünf Minuten lang mit einem lebendigen Menschen zusammen sein zu können. Sie stellte die Kerze auf den Tisch und blieb an der Tür stehen.

»So geh doch, geh doch, um Gottes willen,« rief ihr Alexej Petrowitsch in Gedanken zu. Er setzte sich an den Tisch, nahm ein Blatt Papier und begann zu überlegen, was er schreiben sollte, während er den Blick Dunjaschas auf sich fühlte, die, wie ihm schien, seine Gedanken las.

»Peter Nikolajewitsch.« schrieb er, nach jedem Wort steckenbleibend, »ich war bei dir in einer wichtigen Angelegenheit, welche ...«

»Welche, welche …« flüsterte er, »sie steht immer noch da. Dunjascha, bringen Sie mir ein Glas Wasser,« sagte er plötzlich laut und schroff.

»Gern, Alexej Petrowitsch.« Sie wandte sich um und ging hinaus.

Da erhob sich der Gast vom Stuhl und ging auf den Zehen rasch zum Sofa, über dem der Doktor den Revolver und den Säbel angebracht hatte, die ihm im türkischen Feldzug dienten. Flink und geschickt knöpfte er die Klappe des Futerals auf, griff hastig nach dem Revolver und steckte ihn in die Seitentasche seines Pelzes, holte aus einem Säckchen, das am Futeral befestigt war, einige Patronen hervor und steckte sie ebenfalls in die Tasche.

Drei Minuten später war das von Dunjascha gebrachte Wasser ausgetrunken, der ungeschriebene Brief versiegelt, und Alexej Petrowitsch fuhr nach Hause.

»Ich muß ein Ende machen, ich muß ein Ende machen!« wirbelte es in seinem Kopf. Aber er machte kein Ende gleich nach seiner Ankunft: als er ins Zimmer trat und die Tür abschloß, warf er sich, ohne abzulegen, in den Sessel, erblickte eine Photographie, ein Buch, das Muster der Tapete, vernahm das Ticken der Uhr, die er auf dem Tisch vergessen hatte und versank in Nachdenken. Und blieb sitzen, ohne auch nur mit einem einzigen Muskel zu zucken, bis in die tiefe Nacht hinein, bis zu dem Augenblick, da wir ihn antrafen.

III

Der Revolver wollte lange nicht aus der schmalen Tasche heraus; dann, als er schon auf dem Tisch lag, erwies sich, daß sämtliche Patronen außer einer durch ein kleines Loch in der Tasche durchgefallen waren. Alexej Petrowitsch legte seinen Pelz ab und nahm bereits ein kleines Messer, um die Tasche aufzutrennen und die Patronen herauszuholen, besann sich aber, lächelte schief mit dem einen Winkel der trockenen Lippen und hielt inne.

»Wozu die Mühe, es genügt doch eine?«

»O ja, und ob! Es genügt dieses eine winzige Stückchen, damit alles für immer verschwindet. Die ganze Welt wird verschwinden: es wird weder Bedauern noch verletzte Eigenliebe geben, noch Selbstvorwürfe, noch Menschen, die hassen, sich aber als gütig und einfach geben, die man durchschaut und verachtet und vor denen man sich doch als Liebender und Gutes Wollender gibt. Es wird kein sich selbst und andere betrügen mehr geben, sondern nur die Wahrheit, die ewige Wahrheit des Nichtseins.«

Er vernahm seine eigene Stimme: er dachte nicht mehr, sondern er sprach laut. Und das, was er eben gesagt hatte, erschien ihm widerwärtig.

»Wieder dasselbe ... Da stirbst du, tötest dich selbst und auch hierbei kannst du ohne Gespräche nicht auskommen. Für wen, wem machst du was vor? Dir selber. Ach, genug, genug, genug ...« wiederholte er mit zerquälter, tonloser Stimme und bemühte sich mit zitternden Händen, den widerstrebenden Verschluß des Revolvers zu öffnen. Endlich gab der Verschluß nach und öffnete sich. Die eingefettete Patrone ging in die Öffnung der Trommel hinein. Der Hahn spannte sich von selbst. Nichts konnte den Tod hindern, es war ein musterhafter Revolver, ein Offiziersrevolver, die Tür war verschlossen und niemand konnte herein. »Nun, Alexej Petrowitsch!« sagte er, den Griff fest anfassend.

»Und der Brief?« flog ihm plötzlich durch den Kopf. »Soll ich denn wirklich sterben, ohne eine Zeile zu hinterlassen?«

»Wozu? Wem? Alles wird ja verschwinden, es wird nichts mehr sein: was geht mich also an ... Es ist zwar so, aber dennoch will ich schreiben. Soll man sich nicht ein einziges Mal wenigstens vollkommen frei aussprechen dürfen, ohne sich durch irgend etwas stören zu lassen, vor allem durch sich selbst. Das ist ja eine seltene, sehr seltene Gelegenheit, die einzige.«

Er legte den Revolver hin, nahm aus der Schublade ein Heft Briefpapier, und nachdem er einige Federn ausprobierte, die nicht schrieben, sondern abbrachen und das Papier verdarben und einige Briefbogen verschrieb, machte er endlich die Überschrift: »Petersburg, den 28. November 1874«. Dann lief die Hand schon von selbst auf dem Papier und formte Worte und Phrasen, die er damals wohl kaum selbst verstand.

Er schrieb, daß er ruhig sterbe, weil er nichts zu verlieren habe: das Leben sei eine durchgängige Lüge: daß die Menschen, die er geliebt – wenn er wirklich jemand geliebt und nicht vor sich selbst geheuchelt hatte, daß er liebe, – nicht imstande seien, ihn davor zurückzuhalten, weil sie »ausgeraucht« seien. Ja, nicht nur ausgeraucht seien sie, es war nichts an ihnen, was ausrauchen konnte, sondern er habe einfach das Interesse für sie verloren, nachdem er sie durchschaut hatte. Daß er auch sich selbst durchschaut habe, durchschaut, daß auch in ihm nichts außer Lüge ist und war; daß, wenn er auch in seinem Leben etwas getan habe, so geschah es nicht aus dem Wunsch heraus, Gutes zu tun, sondern aus Eitelkeit, daß er keine bösen und unglücklichen Handlungen begangen habe, nicht, weil er keine bösen Eigenschaften besaß, sondern aus kleinmütiger Angst vor den Menschen. Daß er nichtsdestoweniger sich für nicht schlechter halte als »euch, die ihr hienieden bleibt, um bis ans Ende eurer Tage zu lügen« und sie nicht um Verzeihung bitte, sondern sterbe mit Verachtung für die Menschen, die nicht geringer ist als seine Verachtung für sich selbst. Und eine grausame, sinnlose Phrase entfuhr ihm am Ende des Briefes:

»Lebt wohl, Menschen, lebt wohl, ihr blutrünstigen, grimassierenden Affen!«

Nun blieb nichts übrig, als den Brief zu unterschreiben. Als er aber mit dem Schreiben fertig war, fühlte er, daß es ihm heiß war: das Blut war ihm in den Kopf gestiegen und pochte nun in den feuchten Schläfen. Er vergaß den Revolver und daß, wenn er sich vom Leben befreite, er sich auch von der Hitze befreite, erhob sich, trat ans Fenster und machte das Luftfensterchen auf. Ein rauchiger, frostiger Luftzug schlug ihm ins Gesicht. Es hatte aufgehört zu schneien, der Himmel war rein: auf der anderen Seite der Straße glänzte im Mondschein ein blendend weißer Garten, in Reif eingehüllt. Einige Sterne sahen vom seinen reinen Himmel herab, einer unter ihnen war heller als alle und glühte rötlich.

»Arkturus!« flüsterte Alexej Petrowitsch, »wie viele Jahre habe ich diesen Arkturus nicht gesehen? Im Gymnasium, als ich noch lernte …«

Er mochte die Augen von dem Stern nicht abwenden. Jemand ging rasch die Straße lang, mit den kalten Füßen auf den Fliesen des Bürgersteigs laut klopfend und sich fest in den leichten Mantel wickelnd: eine Droschke mit einem dicken Fahrgast fuhr vorbei. Alexej Petrowitsch stand aber immer noch da, wie erstarrt.

»Es muß endlich sein!« sagte er sich schließlich.

Er trat an den Tisch. Vom Fenster bis zum Tisch waren es nur drei Meter, aber es schien ihm, daß er sehr lang gegangen war. Als er, am Tisch angelangt, bereits den Revolver ergriff, ertönte durch das offene Fenster der ferne, aber klare zitternde Schlag einer Kirchenglocke.

»Glockengeläute!« sagte Alexej Petrowitsch erstaunt, legte den Revolver wieder auf den Tisch und setzte sich in den Sessel.

IV

»Glockengeläute!« wiederholte er. »Wozu Glockengeläute?«

»Man läutet wohl zur Messe? Zum Gebet? ... Kirche ... Schwüle ... Wachskerzen ... der uralte Pope Vater Michael hält den Gottesdienst ab mit klagender geborstener Stimme: der Küster dröhnt mit seinem Baß. Ich möchte schlafen: durchs Fenster dringt kaum die Morgendämmerung. Mein Vater, der neben mir steht, schlägt mit gesenktem Kopf hastige, kleine Kreuze: in der Menge der Bauern und der Bauernweiber hinter uns werden fortwährend Kniefälle gemacht. Wie lange ist es her! ...«

So lange ist es her, daß er nicht mehr glauben kann, daß es je Wirklichkeit war, daß er es selbst einmal gesehen und nicht irgendwo gelesen oder von irgend jemand gehört hätte. Nein, nein, das alles war einmal gewesen und damals ging's ihm besser. Nicht nur besser, sondern gut. Wenn's ihm jetzt so ginge, hätte er es nicht nötig, sich einen Revolver zu holen.

»Mach ein Ende!« flüsterte ihm sein Denken zu. Er sah den Revolver an, streckte die Hand nach ihm aus, zog sie aber sofort zurück.

»Hast Angst bekommen?« flüsterte ihm sein Denken zu.

»Nein, ich habe keine Angst bekommen: es ist etwas anderes. Ich fürchte mich vor nichts mehr. Aber das Glockengeläute, wozu ist es denn?«

Er sah auf die Uhr. »Es läutet gewiß zur Frühmesse. Die Menschen gehen in die Kirche: vielen von ihnen wird es eine Erleichterung sein. So sagt man wenigstens. Übrigens, ich weiß, auch mir wurde es leichter zumute. Ich war damals ein Knabe. Dann war alles vorbei und verloren. Und nichts mehr gab mir Erleichterung. Das ist die Wahrheit.«

»Die Wahrheit. In einem solchen Augenblick hat sich die Wahrheit gefunden!«

Der Augenblick aber schien unentrinnbar. Er wandte langsam den Kopf und sah wieder den Revolver an. Der Revolver war groß, System Smith und Wesson. Einst stahlblau, nun aber weiß von den vielen Wanderungen in der Tasche des Arztes. Er lag auf dem Tisch, den Griff zu Alexej Petrowitsch gewandt, dem das abgewetzte Holz des Griffes sichtbar ward mit dem Ring für die Zündschnur, ein Stück mit dem gespannten Hahn und das Ende des Laufs, das nach der Wand blickte.

»Dort ist der Tod. Ich muß ihn nehmen und umdrehen...«

Auf der Straße war es still: niemand fuhr oder ging vorbei. Und aus dieser Stille ertönte fern ein zweiter Glockenton. Die Wellen des Tons drangen durch das offene Fenster und erreichten Alexej Petrowitsch. Sie sprachen eine ihm fremde Sprache, aber etwas Großes, Wichtiges und Feierliches. Schlag ertönte auf Schlag und als die Glocke zum letztenmal anschlug und der Ton zitternd sich im Raum auflöste, dünkte es Alexej Petrowitsch, daß er etwas verloren hatte. Die Glocke hatte ihre Sache getan: sie hatte den verirrten Menschen daran erinnert, daß es noch etwas gibt außer seiner eigenen engen Welt, die ihn zerquälte und zum Selbstmord trieb. Wie eine unaufhaltsame Welle überfluteten ihn die Erinnerungen, abgerissen, zusammenhanglos und alle fast ganz neu für ihn. In dieser Nacht hatte er so vieles überdacht und sich an so vieles erinnert und sich nun eingebildet, daß er sich an sein ganzes Leben erinnert und sich selbst klargesehen hatte. Jetzt fühlte er, daß in ihm auch eine andere Seite war, eben diejenige, von der ihm die schüchterne Stimme seiner Seele sprach.

V

»Erinnerst du dich an dich selbst, als du noch ein kleines Kind warst, als du mit deinem Vater in einem entlegenen, vergessenen Dorf lebtest? Er war ein unglücklicher Mann, dein Vater, und liebte dich mehr als alles auf der Welt. Weißt du noch, wie ihr zu zweit an den langen Winterabenden gesessen habt, er über den Rechnungen, du über einem Buch? Die Talgkerze brannte mit einer roten Flamme, die allmählich trüber wurde, bis du mit der Putzschere bewaffnet, den Docht abschnittest. Das war deine Pflicht, und du pflegtest sie so wichtig zu erfüllen, daß der Vater jedesmal die Augen von dem großen Wirtschaftsbuch erhob und dich mit seinem gewohnten traurigen und freundlichen Lächeln ansah. Eure Augen begegneten sich.«

»Ich habe schon so viel gelesen, Papa,« sagtest du und zeigtest die gelesenen Selten, sie zwischen den Fingern einklemmend.

»Lies, lies, Freund!« ermunterte dich der Vater und versank wieder in die Rechnungen.

»Er erlaubte dir alles zu lesen, denn nur das Gute wird in der Seele seines lieben Knaben zurückbleiben, und du lasest, und lasest ohne die gedanklichen Erörterungen zu verstehen und nur die Bilder nahmst du leuchtend, wenn auch auf kindliche Weise, auf.«

»Ja, damals schien alles das, was es schien. Das Rote war eben rot und nicht zurückgeworfene rote Strahlen. Damals gab es für die Eindrücke keine fertigen Formen – Ideen, in die der Mensch alles prägt, was er empfindet, ohne sich darum zu kümmern, ob die Form taugt, ob sie nicht einen Sprung hat. Und wenn du damals jemand liebtest, so wußtest du, daß du liebtest: darüber gab es keinen Zweifel.«

Ein schönes, spöttisches Gesicht sah ihm in die Augen und verschwand.

»Und diese? Hast du auch sie geliebt? Wahrhaftig! Wir haben genug Gefühl gespielt. Und damals schien es doch, daß ich aufrichtig sprach und dachte ... Wie viele Qualen gab es da! Und als das Glück kam, schien es mir gar kein Glück mehr, und wenn ich damals der Zeit wirklich hätte befehlen dürfen: halt, verweile, es ist so schön, so hätte ich mir noch überlegt, ob ich es befehlen soll oder nicht. Und dann, und zwar sehr bald darauf, mußte man schon die Zeit vorwärts jagen ... Aber jetzt ist keine Zeit, darüber nachzudenken! Jetzt muß ich daran denken, was war und nicht daran, was schien.«

Es war aber nichts oder sehr wenig: nur die Kindheit. Und von ihr waren in der Erinnerung auch nur zusammenhanglose Bruchstücke zurückgeblieben, die Alexej Petrowitsch jetzt gierig zu sammeln begann.

Er erinnerte sich an das kleine Häuschen, an das Schlafzimmer, in dem er dem Vater gegenüber schlief. Er erinnerte sich an den roten Teppich, der über Vaters Bett hing. Jeden Abend vor dem Einschlafen blickte er auf diesen Teppich und fand in seinen bizarren Mustern immer neue Figuren: Blumen, Tiere, Vögel, menschliche Gesichter. Er erinnerte sich an den Morgen, an den Geruch von Stroh, mit dem das Haus beheizt wurde. Der Diener Nikolai hat schon den ganzen Flur voll Stroh gebracht und stopft es in großen Haufen in den Rachen des Ofens. Das Stroh brennt lustig und hell und raucht mit einem angenehmen, ein wenig beizenden Geruch. Aljoscha wäre gern eine ganze Stunde vor dem Ofen sitzengeblieben, aber der Vater ruft ihn zum Teetrinken, wonach der Unterricht begann. Er weiß noch, wie er die Dezimalbrüche nicht begriff, wie der Vater sich ereiferte und aus aller Kraft sich bemühte, sie ihm zu erklären.

»Mir scheint, er hatte sie selber damals nicht fest gekonnt,« dachte Alexej Petrowitsch.

Dann die biblische Geschichte. Die liebte Aljoscha mehr. Erstaunliche, riesengroße und phantastische Gestalten. Kain, dann die Geschichte Josephs, die Könige und Kriege. Wie die Raben dem Propheten Elias Brot brachten. Und ein Bildchen war dabei: Elias sitzt auf einem Stein mit einem großen Buch und zwei Vögel nähern sich ihm im Flug und halten in ihrem Schnabel etwas Rundes.

»Sieh Papa: dem Elias haben die Raben Brot gebracht, unser Worka aber schleppt bei uns alles fort, was er kann.«

Ein zahmer Rabe mit rot bemaltem Schnabel und Krallen – das hatte Nikolai ausgedacht – hüpft seitwärts auf der Rücklehne des Sofas herum und ist bemüht, mit gerecktem Hals von der Wand einen glänzenden Bronzerahmen herunterzuholen. In diesem Rahmen steckt ein Miniaturportrait in Aquarell eines jungen Mannes mit glatt zurückgestrichenem Schläfenhaar, in einer dunkelgrünen Uniform mit Epauletten, mit äußerst hohem roten Stehkragen und einem Kreuz im Knopfloch. Das war Papa selbst vor fünfundzwanzig Jahren. Der Rabe und das Portrait huschten an ihm vorbei und verschwanden.

Dann, was war noch? Sterne, Herberge und Krippe. Ich weiß, daß diese Krippe für mich ein vollkommen neues Wort war, obschon ich auch früher Krippen im Stall und auf dem Viehhof kannte. Diese Krippe schien mir etwas Besonderes.

Das Neue Testament wurde anders gelehrt, als das Alte, nicht nach einem dicken Buch milden Bildern. Der Vater erzählte selbst Aljoscha von Jesus Christus und las ihm oft ganze Seiten aus dem Evangelium vor. »So dir jemand einen Streich gibt auf deinen rechten Backen, dem biete den andern auch dar. Verstehst du, Aljoscha?«

Und der Vater begann eine lange Erörterung, der Aljoscha nicht zuhörte. Er unterbrach plötzlich seinen Lehrer.

»Papa, weißt du noch, wie Onkel Dimitrij Iwanowitsch zu uns kam. Damals war es genau so: er schlug seinen Foma ins Gesicht, Foma aber stand da. Und der Onkel Dimitrij Iwanowitsch schlug ihn von der anderen Seite, Foma aber rührte sich wieder nicht. Er tat mir leid und ich begann zu weinen.«

»Ja, damals habe ich geweint,« sagte sich Alexej Petrowitsch, indem er sich vom Sessel erhob und im Zimmer auf und ab zu gehen begann. »Ich habe damals geweint.«

Es tat ihm schrecklich leid um diese Tränen des sechsjährigen Knaben, es tat ihm leid um die Zeit, da er noch weinen konnte, weil man in seiner Gegenwart einen wehrlosen Menschen geschlagen hatte.

VI

Ins Fenster drang immer noch die frostige Luft. Der geballte Dampf ergoß sich gleichsam ins Zimmer, das davon schon ausgekühlt war. Die große niedrige Lampe mit dem undurchsichtigen Schirm, die auf dem Schreibtisch stand, brannte hell, beleuchtete aber nur die Fläche des Tisches und einen Teil der Decke, indem sie auf ihr einen zitternden runden Lichtfleck bildete. Im übrigen war im Zimmer alles in Dämmerung gehüllt. Man konnte in ihm einen Bücherschrank unterscheiden, ein großes Sofa, noch allerlei Möbel, einen Spiegel an der Wand mit der Spiegelung des hellen Schreibtisches und die hohe Gestalt, die sich unruhig im Zimmer hin- und hertrieb, aus einem Winkel in den anderen, acht Schritt hin und acht Schritt zurück, jedesmal über den Spiegel huschend. Zuweilen blieb Alexej Petrowitsch am Fenster stehen. Der kalte Rauch ergoß sich über seinen erhitzten Kopf, den offenen Hals und die Brust. Er zitterte, fühlte sich aber nicht erfrischt. Er fuhr fort, die abgerissenen und zusammenhanglosen Erinnerungen durchzunehmen, sich an hunderte von Einzelheiten erinnernd, sich darin verwirrend, und konnte doch nicht verstehen, was an ihnen Wichtiges und Gemeinsames war. Er wußte nur eins, daß er bis zum zwölften Jahr, da der Vater ihn aufs Gymnasium schickte, ein ganz anderes inneres Leben gelebt hatte und erinnerte sich, daß es damals besser war.

»Was zieht dich dorthin in das halbbewußte Leben? Was war schon Gutes an diesen Kinderjahren? Ein einsames Kind und ein einsamer erwachsener Mann, ein ›nichtklügelnder‹ Mann, wie du ihn nach seinem Tode nanntest. Du hattest recht. Er war ein ›nichtklügelnder‹ Mann. Das Leben hatte ihn leicht und frühzeitig verstümmelt, indem es ihm alles Gute zerstörte, das er sich in seiner Jugend als Vorrat erwarb: aber es brachte auch nichts Schlimmes hinein. Und er lebte sein Leben zu Ende, ohnmächtig mit einer ohnmächtigen Liebe, die er ganz auf dich übertragen hatte ...«

Alexej Petrowitsch dachte an den Vater und zum erstenmal fühlte er nach vielen Jahren, daß er ihn liebte, trotz seiner Ungeklügeltheit. Gern hätte er jetzt sich nur für einen Augenblick zurück in seine Kindheit versetzt, in das Dorf, in das kleine Häuschen und hätte sich zärtlich an diesen bedrückten Menschen geschmiegt, einfach und kindlich. Er wünschte sich jene reine und einfache Liebe zurück, die nur Kinder kennen und vielleicht ganz reine, unberührte Naturen unter Erwachsenen.

»Ja, kann man denn dieses Glück nicht wiedererlangen, diese Fähigkeit, sich bewußt zu sein, daß man die wahre Wahrheit spricht und denkt? Wie viele Jahre habe ich es nicht mehr gefühlt! Du sprichst heiß, scheinbar aufrichtig, in der Seele aber sitzt ständig ein

Wurm, welcher nagt und saugt. Dieser Wurm ist der Gedanke: wie ist es, mein Freund? Ist das nicht alles gelogen? Denkst du auch wirklich alles das, was du jetzt sprichst?«

Im Kopf Alexej Petrowitschs bildete sich jetzt noch ein neuer Satz, ein scheinbar sinnloser:

»Denkst du auch wirklich das, was du jetzt denkst?« Der Satz war sinnlos, aber er hatte ihn verstanden.

»Ja, damals dachte ich eben das, was ich dachte. Ich liebte meinen Vater und wußte, daß ich ihn liebe. Herrgott! Nur ein echtes unverfälschtes Gefühl, das nicht im Innern meines Ich stirbt. Es gibt doch die Welt. Die Glocke hat mich an sie erinnert. Als sie ertönte, erinnerte ich mich an die Kirche, an die Menge, an die ungeheure menschliche Menge, an das echte Leben. Dahin müßte man von sich fortgehen und da müßte man lieben. Und so lieben, wie die Kinder lieben. Wie die Kinder... Es heißt doch hier ...«

Er ging an den Tisch, schob eine Lade heraus und begann darin zu suchen. Ein kleines, dunkelgrünes Büchlein, das er einst auf der allrussischen Ausstellung auffallend billig gekauft hatte, lag in einem Winkel. Mit Freuden ergriff er es. Die Blätter, auf denen der Druck in zwei schmalen Säulen von winzig kleiner Schrift angeordnet war, flogen unter seinen Fingern, bekannte Worte und Sätze erstanden wieder in seinem Gedächtnis. Er begann von der ersten Seite an zu lesen und las alles der Reihe nach und vergaß sogar den Satz, um dessentwillen er das Buch hervorgeholt hatte. Der Satz aber war ein längst bekannter und längst vergessener. Als er ihn erreichte, überraschte er ihn durch den ungeheuer großen Inhalt, der nur in wenigen Worten ausgedrückt ist: so ihr nicht wie die Kinder werdet. Es schien ihm, daß er jetzt alles verstanden habe.

»Ob ich nun weiß, was diese Worte bedeuten? Wie ein Kind werden!...Das bedeutet, sich nicht in allem auf den ersten Platz stellen. Aus dem Herzen diesen abscheulichen Götzen reißen, diesen Krüppel mit dem riesengroßen Bauch, dieses abscheuliche Ich, welches wie ein Wurm die Seele aussaugt und immer neue und neue Nahrung fordert. Woher soll ich sie aber nehmen? Du hast schon alles aufgegessen. Alle Kraft, alle Zeit war deinem Dienst geweiht. Bald ich dich fütterte, bald betete ich dich an. Obschon ich dich haßte, betete ich dich doch an, indem ich dir alles Gute, was mir gegeben wurde, zum Opfer brachte. Und so weit habe ich es mit dem Anbeten gebracht so weit, so weit!« Er wiederholte diese Worte, indem er fortfuhr, im Zimmer auf und ab zu gehen, aber schon mit einem ohnmächtigen Gang, wie ein Trunkener schwankend, den Kopf auf die vom Schluchzen erschütterte Brust gesenkt und ohne das tränenüberströmte Gesicht abzutrocknen. Die Beine versagten ihm den Dienst: er drückte sich in die Sofaecke, stützte sich auf die Lehne und weinte, den heißen Kopf in die Hände gestützt, wie ein Kind. Und diese Erschöpfung dauerte lange, aber es war keine Qual mehr darin. Der lang angesammelte, gemachte Zorn legte sich: die Tränen flossen und brachten Erleichterung, und er schämte sich der Tränen nicht: vor keinem, der in diesem Augenblick ins Zimmer getreten wäre, hätte er diese Tränen zurückgehalten, die den Haß mit sich fortschwemmten. Er fühlte jetzt, daß noch nicht alles vom Götzen aufgefressen war, den er so viele Jahre angebetet hatte, daß noch Liebe und sogar Selbstaufopferung geblieben waren und daß es sich verlohnte zu leben, um diesen Rest zu verausgaben. Für welche Sache, das wußte er nicht, aber in diesem Augenblick brauchte er auch nicht zu wissen, wo er sein reuiges Haupt hinlegen würde. Er erinnerte sich an den Schmerz und das Leid, das er in seinem Leben zu sehen bekam, an den echten Lebenskummer, vor dem alle seine Qualen einzeln nichts bedeuteten, und er begriff, daß er dorthin, in dieses Land hinein gehen, auf sich seinen Teil nehmen müsse und daß nur dann in seiner Seele der Friede sich einstellen würde.

»Ich fürchte mich: ich kann nicht mehr auf eigene Rechnung und Gefahr leben; ich muß mich unbedingt dem allgemeinen Leben verbinden, ich muß leiden und mich freuen, hassen und lieben, nicht um meines eigenen Ich willen, das alles auffrißt und nichts gibt, sondern um der allen Menschen gemeinsamen Wahrheit willen, die es in der Welt gibt, was immer ich da schreien mag, und die zur Seele spricht, trotz aller Bemühungen, sie zu übertönen. Ja, ja,« wiederholte Alexej Petrowitsch in schrecklicher Erregung, »alles das ist in diesem grünen Büchlein gesagt, endgültig und wahr. Man muß sich ›verwerfen‹, sein eigenes Ich töten, es auf den Weg hinauswerfen ...«

»Was hast du denn für einen Nutzen davon, du Wahnsinniger?« flüsterte die Stimme.

Aber die andere, einst schüchtern und unvernehmbar, donnerte ihr jetzt zur Antwort:

»Schweig, was wird er für einen Nutzen davon haben, wenn er sich zerstört?«

Alexej Petrowitsch sprang auf und reckte sich gerade. Dieses Argument flößte ihm Begeisterung ein. Eine solche Begeisterung hatte er noch nie empfunden. weder bei Erfolgen im Leben noch in der Frauenliebe. Diese Begeisterung war im Herzen entstanden, drang aus ihm und ergoß sich als ein heißer, breiter Strom durch alle Glieder seines Körpers und belebte für einen Augenblick das erstarrte, unglückliche Wesen. Tausende von Glocken läuteten feierlich. Die Sonne flammte blendend auf, erleuchtete die ganze Welt und verschwand.

Die Lampe, die in der langen Nacht ausgebrannt war, leuchtete immer trüber und erlosch schließlich ganz. Aber im Zimmer war nicht mehr dunkel: der Tag begann. Sein ruhiges, graues Licht drang allmählich herein und erhellte spärlich die geladene Waffe und den Brief mit den wahnsinnigen Flüchen, der auf dem Tisch lag, und in der Mitte des Zimmers eine menschliche Leiche mit einem friedlichen und glücklichen Ausdruck im bleichen Gesicht.

Die Künstler

I
Djedow

Heute fühle ich mich so, als hätte ich einen Berg von meinen Schultern abgewälzt. Das Glück kam so unerwartet. Weg mit den Ingenieurepauletten, weg mit den Instrumenten und Berechnungen!

Wer sollte man sich nicht schämen, sich über den Tod einer armen Tante so zu freuen! Nur darum, weil sie mir eine Erbschaft zurückgelassen, die mir die Möglichkeit gibt, meinen Dienst aufzugeben? Es ist freilich wahr, daß sie im Sterben mich bat, mich meiner Lieblingsbeschäftigung vollständig zu widmen und ich mich jetzt unter anderem freue, daß ich ihren heißen Wunsch erfülle. Es war gestern ... welch ein verblüfftes Gesicht hatte unser Chef gemacht, als er erfuhr, daß ich den Dienst aufgebe! Und als ich ihm das Ziel erklärte, um dessentwillen ich das tue, sperrte er einfach den Mund auf.

»Aus Liebe zur Kunst?... Hm, reichen Sie ein Entlassungsgesuch ein.«

Und er sagte weiter nichts, wandte sich um und ging. Aber ich brauchte nichts mehr. Ich bin frei, ich bin ein Künstler. Ist das nicht das höchste Glück?

Ich bekam Lust irgendwohin, fort von den Menschen, von Petersburg wegzugehen: so nahm ich ein Boot und fuhr auf das Meer hinaus. Das Wasser, der Himmel, die fern in der Sonne glitzernde Stadt, die blauen Wälder, die die Ufer der Bucht einrahmen, die Spitzen der Masten auf der Reede von Kronstadt, die vielen an mir vorbeiflitzenden Dampfer und vorbeigleitenden Segelschiffe – alles dies erschien mir heute in ganz neuem Licht. Alles dies ist mein, alles ist in meiner Macht, alles dies kann ich ergreifen, auf die Leinwand bringen und der vor der Kraft der Kunst staunenden Menge hinhalten. Es ist wahr, ich dürfte das Fell des noch nicht erlegten Bären nicht verkaufen; ich bin ja vorläufig noch kein so großer Künstler. ..

Das Boot zerschnitt rasch die glatte Wasserfläche. Der Boots-mann, ein schöngewachsener, gesunder und hübscher Kerl in einem roten Hemd, arbeitete unermüdlich mit den Rudern; bald beugte er sich vor, bald warf er sich zurück, wobei er das Boot bei jeder Be-wegung stark vorwärts brachte. Die Sonne ging unter und spielte so effektvoll auf seinem Gesicht und auf dem roten Hemd, daß ich Lust bekam, eine farbige Skizze von ihm zu machen. Ich habe eine kleine Kiste mit Leinwand, Farben und Pinseln immer bei mir.

»Hör' auf zu rudern, sitz' einen Augenblick still; ich will dich ma-len.« sagte ich.

Er zog die Ruder ein.

»Setz' dich so hin, als wenn du mit den Rudern ausholst.«

Er ergriff die Ruder, holte mit ihnen aus, wie ein Vogel mit den Flügeln und erstarrte so in einer wundervollen Stellung. Ich skiz-zierte rasch mit dem Bleistift die Umrisse und begann zu malen. Mit welch besonders freudigem Gefühl mischte ich die Farben. Ich wuß-te, daß mich in meinem ganzen Leben nichts mehr von ihnen losrei-ßen wird.

Der Bootsmann fing bald an müde zu werden. Sein verwegener Gesichtsausdruck verwandelte sich bald in einen abgespannten und langweiligen. Er begann zu gähnen und einmal wischte er sich so-gar mit dem Ärmel das Gesicht, wozu er mit dem Kopf ans Ruder sich neigen mußte. Die Falten seines Hemdes veränderten sich.

Ärgerlich! Ich kann es nicht leiden, wenn ein Modell sich bewegt.

»Sitz' ruhiger, Bruder.«

Er lächelte.

»Warum lachst du?'

Er grinste verlegen und sagte:

»Das ist so verwunderlich, gnädiger Herr.«

»Was ist denn so verwunderlich?«

»Als wenn ich etwas so Seltenes wäre, daß man mich malen muß. Wie ein Bild.«

»Es wird auch ein Bild werden, mein lieber Freund.«

»Wozu brauchen Sie es?«

»Um zu lernen. Ich werde erst kleine Bilder malen, dann auch große.«

»Große?«

»Drei Meter groß.«

Er schwieg und fragte dann:

»Darum können Sie wohl auch Heiligenbilder malen?«

»Ich kann auch Heiligenbilder malen: aber ich male nur einfache Bilder.«

»So,« er dachte eine Weile nach und fragte dann wieder:

»Wozu brauchen Sie sie?«

»Was denn?«

»Diese Bilder ...?«

Natürlich hielt ich ihm nicht erst einen Vortrag über die Bedeutung der Kunst, sondern sagte ihm nur, daß man für diese Bilder gut bezahlt, etwa zweitausend, dreitausend Rubel und mehr. Der Bootsmann war vollständig befriedigt und fing kein Gespräch mehr an. Die Skizze gelang herrlich (sehr schön sind die heißen Töne des von der untergehenden Sonne beleuchteten roten Stoffs), und ich kehrte heim, vollständig glücklich.

II
Rjabinin

Vor mir steht in gezwungener Haltung der alte Taras, das Modell, dem der Professor N. die Arme auf den Kopf legen ließ, weil das eine sehr klassische Pose ist: rings um mich sitzt eine ganze Menge Kollegen, ebenso wie ich vor der Staffelei, mit Palette und Pinsel in der Hand. Ganz vorn sitzt Djedow, welcher zwar Landschafter ist, dennoch auch eifrig den Taras malt. In der Klasse ist ein Duft von Farben, Öl, Terpentin verbreitet und es herrscht Totenstille. Alle halbe Stunde darf Taras ausruhen. Er setzt sich an den Rand einer Holzkiste, die ihm als Piedestal dient und verwandelt sich aus einem Modell in einen ganz gewöhnlichen alten Mann, der seine von der langen Unbeweglichkeit erstarrten Gliedmaßen zu bewegen versucht, ohne Hilfe des Taschentuchs auskommt, usw. Die Schüler drängen sich um die Staffeleien und betrachten gegenseitig ihre Arbeiten. Vor meiner Staffelei steht immer eine Menge: ich bin ein sehr begabter Schüler der Akademie und hege große Hoffnung, eine unserer großen Koryphäen zu werden, nach dem glücklichen Ausdruck eines berühmten Kunstkritikers, Herrn W. S., der schon längst gesagt hat, daß aus Rjabinin etwas wird. Deswegen betrachten alle meine Arbeit.

Nach fünf Minuten setzen sich alle auf ihre Plätze. Taras steigt auf sein Piedestal, legt die Hand auf den Kopf und wir schmieren, schmieren ...

Und so jeden Tag.

Das ist langweilig, nicht wahr? Ja, auch ich selbst habe mich längst überzeugt, daß dies alles sehr langweilig ist. Aber wie eine Lokomotive mit einem offenen Dampfventil nur eins von beiden wählen kann: entweder auf den Schienen zu rollen, so lange, bis der Dampf verbraucht ist, oder zu entgleisen und sich aus einem schlanken eisern-kupfernen Ungeheuer in einen Trümmerhaufen zu verwandeln, so habe ich auch zu wählen ... ich rolle wie auf Schienen: sie umfassen dicht meine Räder und wenn ich entgleise, was dann? Ich muß um jeden Preis die Station erreichen, trotzdem sie, diese Station, mir ein schwarzes Loch dünkt, in dem ich nichts unterscheiden kann. Die anderen sagen, daß es künstlerische Tätigkeit sein wird. Unstreitbar etwas Künstlerisches, aber eine Tätigkeit ...

Wenn ich durch die Ausstellung gehe und mir die Bilder ansehe, was sehe ich in ihnen? Eine Leinewand, auf der die aufgetragenen Farben so angebracht sind, daß sie Eindrücke hervorrufen, die den Eindrücken verschiedener Gegenstände gleichen. Die Menschen gehen herum und wundern sich: wie schlau doch diese Farben verteilt sind! Und sonst nichts. Es sind ganze Bücher, ganze Berge von Büchern über diesen Gegenstand geschrieben worden; viele von ihnen habe ich gelesen. Aber alle diese Taines, Carrières und Kuglers und alle, die über Kunst geschrieben haben, bis auf Proudhon, klären nichts auf. Sie reden immer davon, welche Bedeutung die Kunst hat. In meinem Kopf aber regt sich beim Lesen unvermeidlich der Gedanke: wenn sie sie hat. Ich habe nie den guten Einfluß eines guten Bildes auf einen Menschen gesehen: warum sollte ich nun glauben, daß es ihn gibt.

Warum denn glauben? Ich muß aber glauben, unbedingt, aber wie soll ich glauben? Wie soll ich mich davon überzeugen, daß ich mein ganzes Leben lang nicht ausschließlich der dummen Neugier der Menge dienen werde (noch gut, wenn es nur Neugier sein wird und nicht etwas anderes, die Erregung schlechter Instinkte zum Beispiel) und der Eitelkeit irgendeines reich gewordenen Magens auf Beinen, der gemächlich vor mein erlebtes, erlittenes, teures Bild, das nicht mit Pinsel und Farben gemalt ist, sondern mit Nerven und Blut, hintreten und vor sich murmeln: »Hm ... ganz gut,« – die Hand in die abstehende Tasche stecken, mir einige hundert Rubel hinwerfen und es mit sich davontragen wird. Davontragen, zusammen mit der Erregung, mit den schlaflosen Nächten, mit dem Kummer und den Freuden, mit den Versuchungen und Enttäuschungen. Und du gehst wieder einsam durch die Menge, malst wieder mechanisch das Modell am Abend, malst es mechanisch am Morgen, und rufst das Staunen der Lehrer und der Kollegen über deine raschen Fortschritte hervor. Wozu tust du dies? Wohin gehst du?

Es sind bereits vier Monate vergangen, seitdem ich mein letztes Bild verkauft habe, und ich habe noch gar keine Idee für ein neues. Wenn etwas im Kopf auftauchen würde, das wäre schön. Einige Zeit der vollkommenen Vergessenheit: ich würde mich ganz in das Bild vergraben, wie in ein Kloster, würde nur an das Bild allein denken. Die Fragen wohin? wozu? verschwinden während der Arbeit vollständig, nur ein Gedanke herrscht im Kopf, ein Ziel und seine Verwirklichung bereitet Genuß. Das Bild ist eine Welt, in der du lebst und der allein du Antwort gibst. Hier verschwindet die Moral des Lebens: du schaffst dir eine neue in deiner neuen Welt und in ihr fühlst du dein Recht, deinen Wert oder deine Minderwertigkeit und Lüge, auf deine eigne Art, unabhängig vom Leben.

Aber man kann nicht immer malen. Am Abend, wenn die Dämmerung die Arbeit unterbricht, kehrst du ins Leben zurück und hörst wieder die ewige Frage, warum? die nicht einschlafen läßt, die dich im Bett im Fieber herumwälzen und in die Finsternis starren läßt, als stünde in ihr irgendwo eine Antwort geschrieben. Und du schläfst erst gegen Morgen einen Totenschlaf ein, um, erwacht, sich wieder in eine andre Welt des Traumes zu versenken, in der nur die aus dir selbst entstiegenen Gestalten leben, die sich bilden und sich vor dir auf der Leinewand klären.

»Warum arbeiten Sie nicht, Rjabinin?« fragte mich mein Nachbar laut.

Ich war so in Gedanken versunken, daß ich auffuhr, als ich diese Frage vernahm. Meine Hand mit der Palette sank herab, ein Rockschoß geriet in die Farben und war vollständig verschmiert: die Pinsel lagen auf dem Boden. Ich sah auf meine Skizze: sie war fertig und gut: Taras stand wie lebendig auf der Leinwand.

»Ich bin fertig,« sagte ich zu meinem Nachbar.

Auch der Unterricht war zu Ende. Das Modell stieg von der Kiste herab und zog sich an: alle suchten lärmend ihre Utensilien zusammen. Manche traten zu mir und lobten.

»Eine Medaille, eine Medaille ... die beste Skizze.« sagten einige von ihnen. – Die andern schwiegen: die Künstler loben einander nicht gern.

III
Djedow

Ich glaube, ich genieße die Achtung meiner Kollegen. Natürlich hat mein verhältnismäßig solideres Alter Einfluß darauf: in der ganzen Akademie ist nur Wolsky allein älter, als ich. Ja, die Kunst besitzt eine erstaunliche Anziehungskraft. Dieser Wolsky ist ein abgedankter Offizier von etwa fünfundvierzig Jahren mit einem vollständig grauen Kopf: in diesem Alter auf die Akademie zu gehen und wieder zu lernen anfangen, ist das nicht eine Heldentat? Aber er arbeitet hartnäckig: im Sommer malt er Skizzen von morgens bis abends, bei jedem Wetter, mit einer Art Selbstaufopferung: im Winter, wenn es hell ist, malt er immer und am Abend zeichnet er. In zwei Jahren hat er große Fortschritte gemacht, trotzdem das Schicksal ihn nicht mit einem sehr großen Talent beschenkt hat.

Da, Rjabinin, das ist eine andre Sache: eine verteufelt talentierte Natur, aber ein furchtbarer Faulpelz. Ich glaube nicht, daß aus ihm etwas Ernstes wird, obwohl alle jungen Künstler seine Verehrer sind. Besonders seltsam scheint mir seine Vorliebe für sogenannte realistische Sujets: er malt Bastschuhe, Fußlappen und Schafpelze, als wenn wir sie nicht genug in der Natur sähen. Und vor allem, er arbeitet fast gar nicht. Zuweilen setzt er sich hin und malt in einem Monat ein Bild, von dem alle wie von einem Wunder sprechen, wobei sie übrigens finden, daß die Technik viel zu wünschen übrig läßt. (Meiner Meinung nach ist seine Technik sehr, sehr schwach): dann aber hört er auf, selbst Skizzen zu malen, geht finster umher und spricht mit niemand, selbst mit mir nicht, obwohl er sich von mir weniger zurückzieht als von den anderen Kollegen. Ein seltsamer Jüngling! Sonderbar erscheinen mir alle diese Menschen, die in der Kunst ihre volle Befriedigung nicht finden. Sie können es nicht begreifen, daß den Menschen nichts so erhebt, als das Schaffen.

Gestern habe ich das Bild beendet, es ausgestellt und schon heute wurde ich nach dem Preis gefragt. Weniger als für dreihundert gebe ich es nicht. Man hat mir schon zweihundertfünfzig geboten. Ich bin der Meinung, daß man niemals von einem bestimmten Preis zurückgehen darf. Das bringt Achtung ein. Und ich brauche um so mehr nicht nachzugeben, als das Bild gewiß sich leicht verkaufen wird; das Sujet ist gangbar und sympathisch: der Sonnenuntergang im Winter: im Vordergrund schwarze Baumstämme, die sich scharf vom Abendrot abheben. So malt K. und wie werden seine Bilder verkauft! Allein in diesem Winter sagt man, hat er zwanzigtausend Rubel verdient. Nicht übel! Es läßt sich leben. Ich verstehe nicht, wie manche Künstler es zustande bringen, Not zu leiden. Zum Beispiel, K. geht kein Stückchen Leinwand verloren: alles wird verkauft. Man muß sich nur gerader zur Sache verhalten; solange du das Bild malst, bist du ein Künstler und ein Schöpfer; ist es aber fertig, so bist du nur ein Händler, und je geschickter du deine Geschäfte betreibst, desto besser. Das Publikum ist oft bestrebt, unsereins zu übervorteilen.

IV
Rjabinin

Ich wohne auf der fünfzehnten Linie, am mittleren Prospekt und gehe viermal täglich am Kai vorüber, wo die ausländischen Dampfer anlegen. Ich liebe diese Gegend ihrer Buntheit, ihrer Belebtheit, des Gedränges und des Lärmes wegen und auch dafür, daß sie mir viel Material bietet. Während hier die Tagelöhner Säcke schleppen, Winden drehen, Karren mit allerlei Lasten schieben, habe ich gelernt, den arbeitenden Menschen zu malen.

Ich ging mit Djedow, dem Landschaftsmaler, nach Hause ... Er ist ein guter und unschuldiger Mensch, wie die Landschaft selbst und leidenschaftlich in seine Kunst verliebt. Für ihn gibt es wirklich gar keine Zweifel: er malt, was er sieht: sieht er einen Fluß, so malt er einen Fluß, sieht er einen Sumpf mit einer Weide drauf, so malt er den Sumpf mit der Weide. Wozu er diesen Fluß und diesen Sumpf braucht, darüber denkt er nie nach. Er scheint ein gebildeter Mensch zu sein, wenigstens hat er sein Studium als Ingenieur absolviert. Er hat seinen Dienst aufgegeben, dank dem Umstand, daß er eine Erbschaft gemacht hat, die ihm die Möglichkeit gibt, ohne einen bestimmten Beruf zu existieren. Jetzt malt er und malt. Im Sommer sitzt er von morgens bis abends im Feld oder im Wald und macht Skizzen, im Winter komponiert er unermüdlich Sonnenuntergänge, Sonnenaufgänge, Mittage, Beginn und Ende vom Regen, vom Winter, vom Frühjahr usw. Seinen Ingenieurberuf hat er vergessen und bedauert es nicht. Nur wenn wir am Hafen vorübergehen, erklärt er mir oft die Bedeutung der riesengroßen, gußeisernen oder stählernen Gegenstände: der Teile von Maschinen, Kesseln und allerlei Dinge, die aus dem Dampfer ausgeladen werden.

»Sehen Sie mal, welch einen Kessel sie dahergeschleppt haben,« sagte er zu mir, mit seinem Stock auf den tönenden Kessel schlagend.

»Kann man denn die bei uns nicht herstellen?« fragte ich.

»Man macht sie auch bei uns, aber wenig. Nicht ausreichend. Sehen Sie, welchen Haufen die hergebracht haben. Schlechte Arbeit. Man wird sie hier reparieren müssen. Sehen Sie, wie die Naht hier klafft, und hier sind die Nieten aufgegangen. Wissen Sie, wie dieser Gegenstand hergestellt wird? Das ist eine höllische Arbeit, muß ich Ihnen sagen. Ein Mensch setzt sich in den Kessel hinein und hält die Niete von innen mit einer Zange, gegen die er mit aller Kraft die Brust stemmt. Von außen aber hämmert der Meister auf die Niete mit einem Hammer und arbeitet diese Schraubenköpfe aus.«

Er zeigte mir eine lange Reihe gewölbter, metallischer Kreise, die längs der Kesselnaht sich hinzogen.

»Djedow, das ist doch dasselbe, wie einem auf die Brust schlagen.«

»Dasselbe. Ich habe einmal versucht, in so einen Kessel zu steigen, aber nach vier solcher Nieten bin ich halbtot herausgekommen. Es hat mir die Brust ganz und gar zerschlagen. Diese aber verstehen es, sich daran zu gewöhnen. Freilich, sie sterben auch wie die Fliegen. Ein oder zwei Jahre halten sie es aus, dann, wenn sie auch am Leben bleiben, taugen sie selten zu etwas. Versuchen Sie, den ganzen Tag Schläge eines kräftigen Hammers mit der Brust aufzufangen und noch in einem Kessel, in der stickigen Luft in gebückter Stellung. Im Winter ist das Eisen gefroren, es ist kalt, er aber sitzt oder liegt im Eisen drin. Sehen Sie da in jenen Kessel hinein. Jenen roten, schmalen, in dem kann man nicht einmal sitzen: man muß auf der Seite liegen und die Brust hinhalten. Ja, die Arbeit dieser Auerhähne[1] ist schwer.«

»Auerhähne?«

»Nun ja, die Arbeiter nennen sie so. Von dem Gedröhn werden sie oft taub und glauben Sie etwa, daß sie für diese Zuchthausarbeit viel bekommen? Pfennige. Denn hier wird weder Geschicklichkeit noch Kunst verlangt, nur Fleisch. Wieviel schwere Eindrücke gibt es in diesen Fabriken, Rjabinin. wenn Sie's nur wüßten. Ich bin so froh, daß ich sie alle losgeworden bin. Im Anfang war es einfach schwer zu leben, wenn man all diese Leiden sah ... Wie anders ist es in der Natur. Sie kränkt einen nicht, und auch sie braucht man nicht zu kränken, um sie zu exploitieren, wie wir Künstler es tun ... Sehen, sehen Sie, welch ein grauer Ton,« unterbrach er sich selbst und zeigte auf eine Stelle am Himmel. »Dort, etwas tiefer, unter der Wolke ... Entzückend, mit einem grünlichen Schimmer. Wenn ich es so malen würde, ganz genau so, würde man's mir nicht glauben. Und ist doch nicht übel, nicht wahr?«

Ich äußerte meinen Beifall, obwohl ich, offen gestanden, in dem schmutziggrünen Stückchen Petersburger Himmels nichts Entzückendes sah, und unterbrach Djedow, der wieder von einem andern Tönchen an einer andern Wolke in Begeisterung geraten war.

»Sagen Sie mir, wo man so einen Auerhahn sehen könnte.«

---

[1] Auerhahn heißt russisch Glucharj, was auch der Schwerhörige bedeutet.

»Fahren wir zusammen in die Fabrik. Ich werde Ihnen da allerlei zeigen, wenn Sie wollen, gleich morgen! Haben Sie vielleicht die Absicht, so einen Auerhahn zu malen? Lassen Sie, es lohnt sich nicht. Gibt es denn nichts Heitreres? In die Fabrik aber können wir, wenn Sie wollen, schon morgen fahren.«

Heute sind wir in die Fabrik gefahren und haben uns alles angesehen. Wir sahen auch einen Auerhahn. Er saß, zu einem Häuflein gebückt, in der Ecke eines Kessels und reichte seine Brust den Hammerschlägen hin. Ich sah ihn eine halbe Stunde lang an: währenddem hatte sich der Hammer hundertmal gehoben und gesenkt. Der Auerhahn wand sich. Ich werde ihn malen.

V
Djedow

Rjabinin hat da so eine Dummheit ausgedacht, daß ich gar nicht weiß, was ich von ihm denken soll. Vorgestern führte ich ihn in eine Metallfabrik; wir verbrachten da den ganzen Tag, sahen uns alles an, wobei ich ihm allerlei Fabrikationen erklärte (zu meinem Staunen habe ich nicht viel von meinem früheren Beruf vergessen); schließlich brachte ich ihn in die Kesselabteilung. Dort arbeitete man gerade an einem riesengroßen Kessel. Rjabinin kroch in den Kessel hinein und sah eine halbe Stunde lang zu, wie der Arbeiter die Niete mit der Zange hielt. Von da kam er hervor, blaß und aufgeregt; den ganzen Rückweg schwieg er. Und heute erklärte er mir, daß er diesen Arbeiter male. Welch eine Idee! Welche Poesie liegt nun im Schmutz! Hier kann ich ja das sagen, ohne mich vor jemand oder vor etwas zu schämen, was ich natürlich vor anderen nicht gesagt hätte: meiner Meinung nach ist diese ganze Bauernströmung in der Kunst die reinste Verkrüppelung. Wer braucht die berühmten »Burlaken« von Rjepin? Sie sind wunderschön gemalt, das ist unstreitig, aber weiter nichts. Wo ist hier die Schönheit, die Harmonie? Und existiert nicht die Kunst bloß, um das Schöne in der Natur schöpferisch wiederzugeben?

Wie ganz anders steht es mit mir! Noch einige Tage Arbeit und mein stiller Maienmorgen ist fertig. Das Wasser im Teich rührt sich kaum, die Weiden neigen ihre Zweige zu ihm; der Osten rötet sich, die federleichten Wölkchen haben sich rot gefärbt. Eine Frauenfigur steigt das steile Ufer hinab, mit einem Eimer, um Wasser zu holen, wobei sie eine Entenschar aufscheucht. Das ist alles; es scheint sehr einfach und dennoch fühle ich deutlich, daß in diesem Bilde ein Abgrund von Poesie ist. Das ist Kunst. Sie stimmt den Menschen zu einer stillsanften Nachdenklichkeit, erweicht die Seele. Der Auerhahn von Rjabinin wird aber auf niemand wirken. Erstmal schon, weil jeder sich bemühen wird, möglichst bald von ihm davonzulaufen, um seine Augen nicht mit diesen häßlichen Lumpen und diesem schmutzigen Gesicht zu peinigen. Eine seltsame Sache. In der Musik, zum Beispiel, sind doch unangenehme, das Ohr zerreißende Töne nicht erlaubt. Warum darf man in der Malerei häßliche, abstoßende Bilder darstellen? Ich muß davon mit L. sprechen; er wird darüber einen Aufsatz schreiben und beiläufig Rjabinin für sein Bild hernehmen. Er verdient es auch.

VI
Rjabinin

Schon zwei Wochen, daß ich nicht mehr auf die Akademie gehe: ich sitze zu Hause und male. Die Arbeit hat mich vollständig angegriffen, obwohl sie sehr gut vorwärtsschreitet. Ich müßte nicht obwohl sagen, sondern um so mehr, da sie vorwärtsschreitet. Je mehr sie ihrem Ende naht, desto schrecklicher erscheint mir das, was ich gemalt habe. Und ich glaube auch, daß dies meine letzte Arbeit ist.

Da sitzt er vor mir im dunklen Winkel des Kessels, der dreifach zusammengekrümmte, in Lumpen gekleidete und vor Müdigkeit erstickende Mensch. Man würde ihn gar nicht sehen, wenn nicht das Licht, das durch die runden Löcher, welche durchbohrt sind für die Niete, eindringen würde. Die kleinen Kreise dieses Lichts schimmern auf seinem Kleid und auf seinem Gesicht, leuchten als goldene Flecke auf seinen Lumpen, auf dem zerzausten, rußigen Bart und dem Haar, auf dem dunkelroten Gesicht, auf dem der Schweiß mit Schmutz gemischt herabrinnt, auf den kraftlosen Händen mit den dicken Adern und auf der zermarterten, breiten und eingefallenen Brust. Der ständig sich wiederholende schreckliche Schlag fällt auf den Kessel und zwingt den Unglücklichen, alle seine Kraft anzuspannen, um sich in seiner unglaublichen Stellung halten zu können. Soweit ich diese gespannte Anstrengung gestalten konnte, habe ich es getan.

Zuweilen lege ich Palette und Pinsel hin und setze mich etwas weiter weg, weitab vom Bilde, ihm gegenüber. Ich bin mit ihm sehr zufrieden. Nichts ist mir bis jetzt so gelungen, wie dieses schreckliche Bild. Das Schlimme ist nur, daß diese Zufriedenheit mir nicht wohltut, sondern mich quält. Das ist kein gemaltes Bild, sondern eine reif gewordene Krankheit. Wie sie enden wird, weiß ich noch nicht; aber ich fühle, daß ich nach diesem Bilde nichts mehr zu malen haben werde. Vogelfänger, Fischer, Jäger mit allen ihren Expressionen und typischen Physiognomien, dieses ganze reiche Gebiet des Genres, wozu brauche ich es noch? Ich werde mit nichts mehr so wirken wie mit diesem »Auerhahn«, wenn ich überhaupt wirken werde.

Ich habe ein Experiment gemacht: ich rief Djedow und zeigte ihm das Bild. Er sagte nur: »Ach, Väterchen!« und machte mit den Armen eine Bewegung des Staunens. Dann setzte er sich hin und starrte eine halbe Stunde, verabschiedete sich schweigend und ging. Ich glaube, es hat auf ihn gewirkt. Aber er ist ja ein Künstler...

Ich sitze vor meinem Bilde, und auch auf mich wirkt es. Ich sehe hin und kann mich nicht losreißen und fühle mit dieser zerquälten Gestalt mit. Manchmal höre ich sogar die Hammerschläge ... Ich werde noch verrückt. Ich muß es zudecken...

Ein Stück Leinwand hat die Staffelei mit dem Bild verdeckt. Ich aber sitze noch immer vor ihm und denke noch immer an jenes Unbestimmte und Schreckliche, das mich so quält. Die Sonne geht unter und wirft durch die staubigen Fenster einen schrägen gelben Streifen Lichts auf die mit Leinwand verhängte Staffelei. Wie eine menschliche Gestalt. Wie der Erdgeist im Faust, wie ihn die deutschen Schauspieler darstellen.

»... Wer ruft mich?«

Wer hat dich gerufen? Ich, ich selbst, hab dich hier geschaffen. Ich habe dich gerufen, aber nicht aus irgendeiner Sphäre, sondern aus einem dumpfen, dunklen Kessel, auf daß du durch deinen Anblick diese reine, geleckte, verhaßte Menge entsetzest. Komm, durch die Kraft meiner Macht auf die Leinwand gebannt, schau von ihr herab auf alle diese Fracks und Schleppen und ruf ihnen zu: ich bin eine wachsende Eiterbeule! Triff sie ins Herz, raube ihnen den Schlaf, stell dich hin als Gespenst vor ihre Augen! Töte ihre Ruhe, wie du die meine getötet hast.

Aber gefehlt!... Das Bild ist fertig, bekommt einen goldenen Rahmen, zwei Wächter schleppen es auf ihren Köpfen in die Akademie zur Ausstellung. Und nun wird es da stehen, zwischen den Mittagen und Sonnenuntergängen, neben dem kleinen Mädchen mit der Katze, unweit von einem drei Faden großen Iwan dem Schrecklichen, der seinen Stab dem Wassjka Schibanoff in den Fuß stößt. Man kann nicht behaupten, daß es übersehen wird. Man wird es sehen und sogar loben. Die Künstler werden die Zeichnung kritisieren. Die Rezensenten sie aushorchen, mit Bleistiften in ihren Notizbüchern kritzeln. Nur Herr W. S. ist über fremde Meinungen erhaben. Er wird betrachten, seinen Beifall aussprechen, loben, mir die Hand drücken. Der Kunstkritiker L. wird mit Wut über den armen »Auerhahn« herfallen und schreien: »Aber wo ist das Schöne daran? Sagt mir, wo ist das Schöne?« Und wird mich beschimpfen. Das Publikum ... Das Publikum wird leidenschaftslos oder mit einer unangenehmen Grimasse daran vorübergehen: die Damen werden nur sagen: »Ah, *comme il est laid ce* Auerhahn« und werden zum nächsten Bild hinschweben, zum kleinen Mädchen mit der Katze, bei deren Betrachtung sie »sehr, sehr lieb« oder etwas derartiges sagen werden. Die soliden Herren mit den Ochsenaugen werden hinsehen, ihre Blicke in den Katalog senken, etwas wie ein Gebrüll oder Schnaufen von sich geben und wohlerhalten weitergehen. Und vielleicht ein Jüngling nur oder ein junges Mädchen werden aufmerksam stehenbleiben und aus den zermarterten Augen, die leidvoll von der Leinwand heruntersehen, den Schrei herauslesen, den ich in sie hineingelegt habe.

Nun und weiter? Das Bild ist ausgestellt, gekauft und entführt. Was aber wird aus mir werden? Wird das, was ich die letzten Tage erlebt habe, spurlos verschwinden? Wird es nur bei der Erregung sein Bewenden haben, nach der Ruhe eintreten wird und das Suchen nach unschuldigen Sujets? ... Unschuldige Sujets. Ich erinnere mich plötzlich, wie ein bekannter Galeriedirektor bei der Zusammenstellung des Katalogs dem Schreiber zurief:

»Martinow, schreib Nr. 112. Erste Liebesszene: Ein junges Mädchen pflückt eine Rose ab.

Martinow, schreib weiter: Nr. 113. Zweite Liebesszene: Das junge Mädchen riecht an der Rose.«

Werde ich wie früher an der Rose riechen oder werde ich entgleisen?

VII
Djedow

Rjabinin hatte seinen »Auerhahn« fast beendet und rief mich heute, daß ich ihn mir ansehe. Ich ging mit einer vorgefaßten Meinung zu ihm hin, und ich muß sagen, ich mußte sie ändern. Es war ein sehr starker Eindruck. Die Zeichnung ist herrlich, die Modellierung sehr plastisch. Am besten aber ist diese phantastische und gleichzeitig höchst wahre Beleuchtung. Das Bild hätte zweifellos Qualitäten, wenn nur nicht dieses seltsame und wüste Sujet. L. ist vollkommen einverstanden mit mir und in der nächsten Woche wird in der Zeitung ein Artikel von ihm erscheinen. Wie wollen sehen, was Rjabinin dann sagen wird. L. wird es selbstverständlich schwer haben, das Bild von der technischen Seite zu kritisieren, aber er wird seine Bedeutung berühren als eines Werkes der Kunst, welche nicht duldet, daß man sie im Dienst irgendwelcher niedriger oder unklarer Ideen mißbraucht.

Heute war L. bei mir. Er lobte sehr. Er machte einige Bemerkungen hinsichtlich mancher Kleinigkeiten, im ganzen aber lobte er sehr. Wenn die Professoren mein Bild mit seinen Augen sehen würden! Werde ich nicht endlich das bekommen, wonach jeder Schüler der Akademie strebt? – Die goldene Medaille. Medaille, vier Jahre im Auslande auf Staatskosten, in der Zukunft eine Professur ... Nein, ich habe mich nicht geirrt, als ich diese traurige alltägliche Arbeit aufgegeben habe, diese schmutzige Arbeit, bei der man auf jeden Schritt auf irgendeinen Rjabininschen Auerhahn stößt.

VIII
Rjabinin

Das Bild ist verkauft und nach Moskau weggeschickt. Ich habe Geld dafür erhalten und auf Verlangen der Kollegen mußte ich ihnen ein Gelage in »Wien« veranstalten. Ich weiß nicht, seit wann es sich eingebürgert hat, aber fast alle Kneipereien der jungen

Künstler finden im Seitenkabinett dieses Gasthauses statt. Dieses Kabinett ist ein großer hoher Raum mit einem Lüster, mit bronzenen Leuchtern, mit Teppichen und Möbeln, die von der Zeit und von dem Tabaksqualm schwarz sind, mit einem Flügel, der in seinem Leben unter den in Schwung geratenen Fingern der gelegentlichen Pianisten viel ausgestanden hat; nur der große Wandspiegel ist neu, weil er zwei-, dreimal im Jahr gewechselt wird, jedesmal nachdem im Eckkabinett anstatt der Künstler Kaufleute ein Gelage veranstalteten.

Es kam eine ganze Menge Menschen zusammen: Genremaler, Landschafter und Bildhauer, zwei Rezensenten irgendwelcher kleiner Zeitungen, einige fremde Personen. Man trank und sprach. Nach einer halben Stunde sprachen schon alle durcheinander, weil alle angeheitert waren. Und ich auch. Ich weiß, daß man mich in die Höhe hob und daß ich eine Rede hielt. Dann küßte ich mich mit dem Rezensenten und trank Brüderschaft mit ihm. Man trank, sprach und küßte sich viel und ging erst um vier Uhr morgens nach Hause. Ich glaube, zwei legten sich sogar gleich hier im Eckkabinett des Gasthauses schlafen.

Ich konnte mit Mühe nach Hause gelangen und warf mich unausgekleidet aufs Bett, wobei ich etwas wie Schaukeln auf dem Schiff empfand: mir schien, daß das Zimmer schaukelte und sich mit meinem Bett und mit mir zusammen drehte. Das dauerte zwei Minuten: dann schlief ich ein.

Ich schlief ein, schlief lange und erwachte sehr spät. Der Kopf schmerzt mich sehr; mir ist, als wenn man mir in den Körper Blei gegossen hätte. Ich vermag lange nicht die Augen zu öffnen und wenn ich sie öffne, sehe ich die Staffelei leer, ohne das Bild. Sie erinnert mich an die erlebten Tage und nun soll es wieder aufs neue losgehen, wieder von Anfang an ... Ach, Gott, ich muß doch dem allen ein Ende machen.

Mein Kopf schmerzt mich immer mehr und mehr, ein Nebel senkt sich auf mich. Ich schlafe ein, erwache und schlafe wieder ein. Und ich weiß nicht, ob Totenstille um mich herrscht, oder betäubender Lärm, ein Chaos von Tönen, ungewöhnlich und dem Ohr schrecklich. Vielleicht ist es die Stille, aber in ihr klingt es und klopft, dreht sich und fliegt, wie wenn eine riesengroße, mit tausend

Pferdekräften begabte Pumpe, die aus einem Abgrund das Wasser emporpumpt, arbeitet und rauscht, und ich höre das dumpfe Rollen des fallenden Wassers und die Schläge der Maschine. Und über allem dem eine Note unendlich sich dehnend und quälend. Ich möchte die Augen öffnen, aufstehen und ans Fenster treten, es aufmachen, lebendige Töne vernehmen, eine menschliche Stimme, das Rattern einer Droschke oder Hundegebell, um dieses ewige Gedröhn loszuwerden. Aber ich habe keine Kraft. Ich war gestern betrunken. Und so muß ich liegen und zuhören und horchen, endlos horchen.

Und ich erwache und schlafe wieder ein. Wieder klopft und dröhnt und dröhnt es irgendwo noch schärfer, noch näher und bestimmter. Die Schläge nähern sich und tönen zusammen mit meinem Puls. Sind sie in mir, in meinem Kopf, oder außer mir? Hell, scharf, deutlich ... Eins, zwei, eins, zwei ... Es schlägt auf Metall und noch auf etwas. Ich höre deutlich die Schläge auf dem Gußeisen; das Gußeisen dröhnt und zittert. Der Hammer klirrt erst stumpf, als wenn er in eine klebrige Masse falle, dann aber schlägt er immer heller und heller, bis der riesengroße Kessel schließlich wie eine Glocke dröhnt. Dann kommt eine Pause. Dann beginnt es wieder leise. Lauter und lauter, und wieder der unerträgliche, betäubende Ton. Ja, so ist es. Erst schlägt man auf das klebrige, weiß geglühte Eisen, dann wird es starr. Und der Kessel dröhnt, wenn das Köpfchen der Niete schon hart ist. Ich begreife es. Aber jene, die andern Töne ... was bedeuten die? Ich bemühe mich, zu verstehen, was es ist, aber ein Dunst umnebelt mein Gehirn. Es ist so leicht, sich daran zu erinnern, es dreht sich mir im Kopf, es dreht sich mir so qualvoll nah im Kopf, aber was das ist, weiß ich nicht. Ich kann es unmöglich erwischen ... Mag es klopfen, lassen wir es, ich weiß, was es ist, nur kann ich mich nicht erinnern.

Der Lärm wird stärker und klarer, bald wächst er sich zu qualvoll ungeheuren Dimensionen aus, bald scheint er vollständig zu verschwinden. Und mich dünkt, nicht er verschwindet, sondern, ich selbst verschwinde irgendwohin während dieser Zeit, und kann nichts hören, keinen Finger rühren, die Augenlider nicht erheben, und nicht schreien. Die Erstarrung hält mich fest, mich packt Entsetzen, ich erwache im Fieber. Ich erwache nicht ganz, sondern im Traum. Mir ist, als wäre ich, wie er, in einer Fabrik, aber nicht da, wo ich mit Djedow war. Diese ist viel größer und finsterer. Ringsherum gigantische Essen von seltsamer, nie gesehener Form. In Garben steigt die Flamme aus ihnen empor und bedeckt mit Ruß das Dach und die Wände des Gebäudes, die schon längst schwarz sind wie Kohle. Die Maschinen biegen sich und kreischen und ich kann kaum zwischen den sich drehenden Rädern und den laufenden, zuckenden Riemen durchkommen; nirgends ist ein Mensch zu sehen. Irgendwo ertönt Klopfen und Krachen: dort geht die Arbeit vor sich. Dort tönen wilde Schreie und wilde Hammerschläge: ich fürchte mich hinzugehen, aber etwas erfaßt mich und trägt mich, und die Schläge werden immer lauter, die Schreie immer schrecklicher. Und nun fließt alles in ein Gebrüll zusammen und ich sehe … ich sehe: ein seltsames häßliches Wesen windet sich auf der Erde, unter den Schlägen, die von allen Seiten auf es herabregnen. Die ganze Menge schlägt zu, womit sie gerade kann. Hier stehen alle meine Bekannten und schlagen mit bestialischen Gesichtern zu, mit Hämmern, Brecheisen, Stöcken und Fäusten auf dieses Wesen, für das ich keinen Namen habe. Ich weiß, es ist er … Ich stürze nach vorn, möchte ausrufen: hört auf, wofür! Und sehe plötzlich ein blasses, entstelltes, ungewöhnliches Gesicht, schrecklich, weil es mein eigenes Gesicht ist. Ich sehe, wie ich selbst, ein anderes ich, mit dem Hammer aushole, um einen rasenden Schlag zu versetzen.

Da fiel der Hammer auf meinen Schädel. Alles verschwand. Einige Zeit war ich noch der Finsternis, der Stille, Leere und Unbeweglichkeit bewußt, bald aber verschwand auch ich selbst irgendwohin.

Rjabinin lag vollständig bewußtlos bis zum Abend. Endlich erinnerte sich die Wirtin, eine Finnin, daß ihr Mieter heute aus seinem Zimmer noch nicht herausgekommen war, und kam auf den Gedanken, zu ihm ins Zimmer hineinzugehen, und als sie den armen Jüngling im hochgradigen Fieber sich wälzen und allerlei Unzusammenhängendes murmelnd erblickte, stieß sie in ihrem unverständlichen Dialekt einen Schrei aus und schickte das Mädchen nach dem Arzt. Der Arzt kam, untersuchte, betastete, behorchte ihn, murmelte etwas, setzte sich an den Tisch, um ein Rezept zu schreiben und fuhr von dannen. Rjabinin aber fuhr fort zu phantasieren und sich herumzuwälzen.

IX
Djedow

Der arme Rjabinin ist nach der gestrigen Kneiperei erkrankt. Ich kam zu ihm und fand ihn bewußtlos liegen. Die Wirtin pflegt ihn. Ich mußte ihr Geld geben, denn in Rjabinins Tisch fand man keinen Heller; ich weiß nicht, ob das verdammte Frauenzimmer alles gestohlen hat, oder ob vielleicht alles in »Wien« geblieben ist. Es ist wahr, wir haben gestern ordentlich gekneipt. Es war sehr lustig: Rjabinin und ich tranken Brüderschaft. Ich trank Brüderschaft auch mit L. Eine wundervolle Seele dieser L., und wie er die Kunst versteht! In seinem letzten Aufsatz hat er es so fein verstanden, was ich in meinem Bild ausdrücken wollte, wie kein anderer, wofür ich ihm tief dankbar bin. Ich müßte eine kleine Sache malen, so etwa *à la Klèver* und ihm schenken. Beiläufig, er heißt Alexander; ist nicht morgen sein Namenstag?

Aber dennoch, dem armen Rjabinin kann es unter Umständen sehr schlecht ergehen: sein großes Wettbewerbbild ist noch lange nicht fertig und der Termin ist nicht mehr hinter den Bergen. Wenn er einen Monat lang krank sein wird, wird er die Medaille nicht bekommen. Dann adieu, Ausland! Ich bin über eins nur sehr froh, daß ich als Landschaftsmaler mit ihm nicht konkurriere: seine Kollegen aber reiben sich vergnügt die Hände. Es ist auch was. Ein Platz mehr.

Rjabinin aber darf man nicht der Willkür des Schicksals überlassen: man muß ihn ins Spital bringen.

X
Rjabinin

Heute, nachdem ich nach vielen Tagen der Bewußtlosigkeit zu mir gekommen bin, mußte ich lange überlegen, wo ich mich eigentlich befinde. Erst konnte ich nicht einmal begreifen, daß dieses lange, weiße Paket, das vor meinen Augen lag, mein eigener, in die Decke gewickelter Körper war. Mit großer Mühe drehte ich den Kopf nach rechts und nach links, wovon ich Ohrensausen bekam und erblickte einen schwachbeleuchteten langen Raum mit zwei Reihen von Betten, auf denen ebenfalls eingehüllte Gestalten der Kranken lagen, einen Ritter in kupferner Rüstung, der zwischen den großen Fenstern und den herabgelassenen weißen Vorhängen stand, und der sich als ein einfacher, riesengroßer, kupferner Waschständer herausstellte, ein Bild des Heilands im Winkel mit einem schwach glimmenden Öllämpchen und zwei kolossale Kachelöfen. Ich vernahm den leisen, ungleichmäßigen Atem meines Nachbars, die keuchenden Seufzer eines Kranken, der etwas weitab von mir lag und jemands friedliches Schnaufen und das mächtige Schnarchen des Wärters, der wahrscheinlich am Bett eines lebensgefährlichen Kranken Wache halten mußte, der vielleicht noch lebendig, vielleicht aber auch schon tot ist und hier liegt, ebenso wie wir Lebendigen.

Wir Lebendigen ... »Ich lebe,« dachte ich und flüsterte sogar dieses Wort. Und plötzlich überflutete mich jenes ungewöhnliche gute, heitere und friedliche Gefühl, das ich seit meiner Kindheit nicht mehr empfunden habe, zusammen mit dem Bewußtsein, daß ich dem Tod entronnen bin, daß vor mir noch das ganze Leben ist, welches ich gewiß auf meine Weise werde ändern können (oh, gewiß werde ich es können) und ich wandte mich, obwohl mit Mühe, auf die Seite, zog die Beine an, legte die Hand unter den Kopf und schlief ein, ganz genau wie in der Kindheit, wenn man nachts neben der schlafenden Mutter erwachte, wenn der Wind ans Fenster pochte und der Sturm jammervoll im Schornstein heulte und die Balken des Hauses wie eine Pistole knallten vor grimmigem Frost, wenn man da leise zu weinen anfing, weil man sich fürchtete, die Mutter zu wecken und es doch wünschte, und wenn sie dann erwachte, im Schlaf einen küßte und bekreuzte und man dann beruhigt sich zusammenrollte und einschlief, mit dem Trost in der kleinen Seele ...

O Gott, wie bin ich schwach geworden! Heute versuchte ich aufzustehen und von meinem Bett bis zum Bett meines Nachbars gegenüber zu gehen, eines Studenten, der von einer Fieberkrankheit genest, und fiel beinah auf dem halben Wege um. Aber der Kopf erholt sich schneller, als der Körper. Als ich erwachte, habe ich mich fast an nichts mehr erinnern können und selbst an die Namen naher Bekannten konnte ich mich nur mit Mühe erinnern. Jetzt ist alles wieder da, aber nicht die vergangene Wirklichkeit, sondern wie ein Traum. Jetzt quält es mich nicht mehr, nein. Das Alte ist unwiderruflich vorüber.

Djedow brachte mir heute einen ganzen Haufen Zeitungen, in denen mein Auerhahn und sein Morgen sehr gelobt werden. Nur L. allein lobt mich nicht. Übrigens ist es jetzt gleich. Es liegt so weit, weit hinter mir. Für Djedow freue ich mich sehr: er hat die große goldene Medaille bekommen und reist bald ins Ausland. Er ist unaussprechlich zufrieden und glücklich. Sein Gesicht glänzt wie ein fetter Pfannkuchen. Er fragte mich, ob ich im nächsten Jahr am Wettbewerb teilnehmen würde, nachdem mich jetzt meine Krankheit daran hinderte? Man hätte sehen müssen, was er für Augen machte, als ich ihm »nein« sagte.

»Ist das Ihr Ernst?«

»Mein völliger Ernst.« antwortete ich.

»Was werden Sie denn tun?«

»Ich weiß noch nicht.«

Er verließ mich vollkommen verblüfft.

XI
Djedow

Diese zwei Wochen verlebte ich wie im Nebel, in Aufregung und Ungeduld, und habe mich erst jetzt beruhigt, da ich im Wagen der Warschauer Bahn sitze. Ich glaube mir selber nicht: ich bin Stipendiat der Akademie, ein Künstler, der für vier Jahre ins Ausland reist, um sich in der Kunst zu vervollkommnen! *Vivat academia!*

Rjabinin, Rjabinin! Heute sah ich ihn auf der Straße, während ich in den Wagen stieg, um zum Bahnhof zu fahren. »Ich gratuliere.« sagte er, »und Sie können auch mir gratulieren.«

»Wozu?«

»Ich habe eben die Prüfung für das Lehrerseminar bestanden.«

Für das Lehrerseminar!! Ein Künstler, ein Talent! Er wird ja zugrunde gehen, umkommen auf dem Lande. Nun, ist er nicht ein verrückter Mensch?

Diesmal hatte Djedow recht: Rjabinin gedieh wirklich nicht. Aber davon später einmal.

Die Geschichte vom stolzen Aggäus

Es lebte in einem Lande ein Verweser. Er hieß Aggäus. Er war berühmt und mächtig: der Kaiser hatte ihm Vollmacht über das ganze Land erteilt; seine Feinde fürchteten ihn. Freunde hatte er keine, und das Volk der ganzen Provinz lebte friedlich, weil es die Macht seines Verwesers kannte. Und der Verweser war stolz und begann zu denken, daß es niemand auf der Welt gab, der stärker und weiser war, als er. Er lebte üppig; er besaß viele Reichtümer und Diener, mit denen er nie sprach: er hielt sie dessen für unwürdig. Mit seinem Weibe lebte er in Eintracht, hielt aber auch sie in Zucht, so daß sie nie wagte, selbst zu sprechen, sondern wartete, bis sie vom Mann gefragt oder angesprochen wurde.

So lebte Aggäus allein, als stände er auf einem hohen Turm. Von unten sahen ihn Scharen von Menschen an, er aber wollte niemand kennen und stand allein auf dem erhabenen, flachen Tritt; und dachte, daß nur dieser eine Platz seiner würdig war. Zwar einsam, aber hoch.

An einem Feiertag ging Aggäus in die Kirche. Er kam mit seinem Weibe in prächtigen Kleidern, sie trugen goldgewirkte Mäntel, Gürtel mit kostbaren Steinen und über ihnen wurde ein Baldachin aus Brokat getragen. Und vor ihnen und hinter ihnen schritten Krieger mit Schwertern und Äxten und geleiteten sie zum königlichen Platz, wo sie die Liturgie anhörten. Ringsum hatten die Befehlshaber und Beamten Platz genommen. Und Aggäus hörte die Liturgie an und dachte auf seine Weise darüber nach, was in der Heiligen Schrift, wie ihm schien, richtig oder unrichtig geschrieben stand.

Der Oberpriester las das Buch und kam bis zur Stelle, wo geschrieben steht: »Und die Reichen werden arm und die Armen reich.« Aggäus vernahm solche Worte und wurde zornig.

»Was ist dir eingefallen, Pope,« sagte er, »so eine Lüge hier vorzubeten? Weißt du denn nicht, wie berühmt und reich ich bin? Wie könnte ich arm werden und welcher Arme könnte reicher werden, als ich?«

Der Oberpriester aber hörte nicht auf ihn und fuhr fort, das Buch weiter zu lesen und beendete die Liturgie, ohne dem Aggäus zu antworten.

Und der Verweser wurde rasend: er ließ den Oberpriester in Ketten schlagen und ins Gefängnis werfen und das Blatt, auf dem diese Worte im Buch geschrieben standen, aus dem Buch herausreißen.

Der Oberpriester wurde ins Gefängnis gebracht und das Blatt herausgerissen. Der Verweser Aggäus aber ging in seinen Palast zum Festschmaus, trank, aß und ergötzte sich.

Außerhalb der Stadt ging ein Jüngling und erblickte einen Hirsch, einen so wohlgewachsenen und schönen, wie er ihn bis jetzt nicht gesehen. Da wollte er sich dem Verweser gefällig zeigen und lief in die Stadt, kam in das Schloß und erzählte den Dienern vom Hirsch. Dies wurde dem Aggäus gemeldet und er befahl, zur Jagd zu rüsten.

Die Jagdgesellschaft fuhr ins Feld hinaus; sie erblickte den Hirschen und sprengte auf ihn los. Der Hirsch aber stand mit erhobenem Kopf, sah sich die Gesellschaft an, als wartete er auf etwas. Ein solches Tier hatte selbst Aggäus noch nie gesehen: groß und glatt, die Schnauze fein und klug; die Hörner wie ein verzweigter Baum, von einem Ende zum andern ein ganzer Faden.[2] Das braune Fell glänzte wie gewichst: die Schenkel waren weiß wie Schnee. Aggäus sprengte auf ihn los und staunte, daß der Hirsch nicht fortging und ihn immer mit großen Augen ansah, als wollte er etwas sagen. Jetzt sprengte Aggäus heran und wollte schon den Speer werfen, da wandte sich das Tier um, schüttelte mit den verzweigten Hörnern, legte mit dem ersten Sprung gleich etwa drei Faden zurück und lief übers Feld: das Roß des Aggäus war so, daß es unbezahlbar war, und dennoch blieb es zurück. Der Verweser sah sich nach seinen Jägern um, die aber waren kaum zu sehen: er sah vorwärts auf den Hirsch und sah nun, daß das Tier jetzt langsamer lief. »Nun,« dachte er, »ich werde ihn einholen.« So sprengte er, was das Roß nur Kraft hatte und sah die weißen Schenkel des Hirschen immer näher und näher vor sich schimmern. Kaum aber, daß er den Speer schleudern wollte, wandte wieder der Hirsch den Kopf um, fing an,

---

[2] Etwa zwei Meter.

schneller zu laufen und wieder war Aggäus weit entfernt von ihm. Die Jagdgesellschaft war nicht mehr zu sehen, und im weiten Feld sprengten jetzt nur der Hirsch und Aggäus auf seinem Roß dahin.

So jagte er hinter ihm drein einen halben Tag: endlich sah er, daß der Hirsch zum Fluß lief. »Nun,« dachte er, »wenn er rechts geht, dann ist er mir verloren. wenn er aber links geht, dann ist er mein.« Links machte der Fluß einen Bogen und das Tier konnte von dort nirgends entkommen: hinter ihm der Jäger, vor ihm der breite Fluß, den weder Mensch noch Tier hinüberschwimmen konnte. Der Hirsch wandte sich nach links: Aggäus' Herz zitterte vor Freude. Er sprengte und dachte bei sich selbst: »Bald kommt der Fluß, da kannst du nicht mehr entkommen.« Der Hirsch erreichte das Ufer. Unweit vom Ufer aber fand sich eine kleine Insel, und auf dieser Insel wuchsen dichte Sträucher und ein kleiner Hain. Der Hirsch sprang mit einem großen Anlauf ins Wasser, tauchte unter, tauchte empor und schwamm auf die Insel zu. Aggäus kam hinzugeritten und sah, daß das Tier im Gebüsch verschwand. Er jagte auch das Roß ins Wasser.

Das Roß trat ins Wasser, machte drei Schritt und war im Wasser bis zum Hals, weiter aber hatten die Füße keinen Grund mehr unter sich. Aggäus kehrte zurück ans Ufer und dachte: »Der Hirsch entgeht mir auch so nicht, in dieser Strömung aber ist es sehr leicht, das Roß zu ertränken.« Er stieg vom Roß hinunter, band es an einen Strauch, zog sein kostbares Gewand aus und ging ins Wasser. Er schwamm und schwamm und wurde von der Strömung fast fortgetragen. Endlich versuchte er mit dem Fuß, da war Grund unter ihm. »Nun,« dachte er, »gleich hole ich ihn,« und ging ins Gebüsch.

Der liebe Gott entbrannte im Zorn gegen Aggäus. Er rief einen Engel zu sich und befahl ihm, Aggäus' Gestalt anzunehmen, seine Kleider anzuziehen, auf sein Roß zu steigen und in die Stadt zu reiten. Und der Engel erfüllte Gottes Willen nach seinem Wort.

Inzwischen suchte und suchte Aggäus das Tier in den Sträuchern – es war keins mehr da. Er durchstreifte die ganze Insel: kroch quer durch alle Sträucher hindurch, es war nichts zu sehen. Und Aggäus konnte nicht ausdenken, wo der Hirsch verschwunden sein mochte, vor ihm lag der breite Fluß, den kein Tier hinüberschwimmen konnte, und er hätte ja auch den Hirsch gesehen, wenn es diesem eingefallen wäre, zu schwimmen. Aggäus war recht ärgerlich; aber es war nichts mehr zu machen, er mußte zurückkehren. Er ging zum Wasser zurück, warf den Speer fort, damit er ihm nicht hinderlich war und schwamm ans Ufer. Und sieh da, weder das Roß, noch die Kleider waren zu sehen. Der Verweser wurde zornig, er dachte, daß sie gestohlen waren und beschloß, den Dieb streng zu bestrafen. Er entstieg dem Wasser, erklomm das steile Ufer. Es war nur das weite Feld zu sehen, sonst niemand. Es war nichts zu machen. Er mußte nackt gehen. So ging er, und das Gras zerschnitt ihm die Füße. Sie waren es nicht gewöhnt, nackt zu gehen: die Sonne brannte auf den nackten Körper und auf den Kopf. Aggäus ging und ging und kam auf einen kleinen Hügel; da sah er in einem Hohlweg einen Hirten, der Kühe und Kälber weidete. Aggäus blieb stehen und winkte ihm mit der Hand.

»He, du, komm doch her!«

Der Hirt sah ihn an und staunte: »Woher,« dachte er sich, »kommt am hellen Tage ein nackter Mann hierher?« Langsam ging er auf ihn zu: in der einen Hand hielt er eine lange Peitsche, in der andern eine Flöte aus Birkenrinde: er trug Bastschuhe und ein zerrissenes Gewand; über die Schulter hing ihm ein Brotsack.

Aggäus schrie ihn an:

»Warum kommst du nicht, wenn du gerufen wirst?«

»Wer bist du denn?« fragte der Hirt, »was wünschest du?«

»Hast du nicht gesehen, wer meine Kleider nahm und mein Roß wegführte?«

»Wer bist du denn eigentlich?« fragte der Hirt wieder.

»Wie, kennst du mich nicht? Ich bin euer Verweser Aggäus.«

Der Hirt sah ihn an und lachte.

»Was schwatzest du da, du Tölpel! Unser Verweser ist eben, von der Jagd kommend, auf dem Wege in die Stadt an mir vorbeigeritten. Die Jäger haben ihn da lange gesucht und gefunden. Nun sind sie auch zusammen fortgeritten.« »Wie wagst du es, du Sklave, du Schuft!« schrie Aggäus.

»Geh, geh,« sagte der Hirt, »sonst wirst du noch diese Peitsche kosten.«

Der Verweser vergaß sich vor Zorn. Er vergaß, daß er nackt und unbewaffnet war und stürzte sich auf den Hirten. Er packte ihn bei der Schulter und wollte ihn schlagen, aber der Hirt war stärker: er warf Aggäus auf die Erde und begann ihn mit der Flöte aus Rinde zu bearbeiten. Er schlug ihn, bis die Birkenrinde ganz zerfiel und sein Zorn nachließ.

»Da,« sprach er, »da hast du für diese Worte.«

Aggäus erhob sich, ganz zerschlagen, und ging langsam fort. Der Hirt aber überlegte es sich, und er tat ihm leid. »Umsonst«, dachte er, »habe ich einen Menschen so beleidigt: er ist vielleicht ein Narr oder ein Verrückter.«

Als Aggäus sich ein Stückchen vom Hirten entfernte, hörte er, wie dieser ihn rief:

»He, du, kehre um!«

Aggäus wandte sich um und sah, daß der Hirt in der einen Hand etwas hielt und mit der andern ihn zu sich winkte.

»Kehr' doch um!« rief er. »Wohin willst du denn so nackt gehen? Da hast du wenigstens den Sack.«

Aggäus stand da und rührte sich nicht. Es war ihm bitter zumute, und er schämte sich. Der Hirt holte das Messer aus dem Gürtel, schnitt drei Löcher in den Sack: das eine für den Kopf und zwei für die Arme und trat zu Aggäus hin: »Mein Sack ist leer. Das Brot habe ich ganz aufgegessen. Es ist nicht gut für einen Menschen, so nackt herumzugehen; zieh ihn doch an anstatt deines Hemdes.«

Er zog ihm den Sack an. Aggäus ging, ohne ein Wort zu sagen, in die Stadt. Er ging und dachte über sein Unglück nach und wußte nicht, woher es über ihn kam. Es war gewiß ein Betrüger, der ihm ähnlich sah, der seine Kleider an sich genommen und sein Roß ihm entführt hatte. Und je weiter Aggäus ging, desto zorniger wurde er. »Ich werde ihm schon zeigen, daß ich Aggäus bin. der wirkliche, gestrenge Verweser. Ich lasse ihn auf den Platz führen und ihm den Kopf abhauen. Und dem Hirten lasse ich auch nichts durchgehen,«

dachte Aggäus, erinnerte sich aber plötzlich an den Sack und schämte sich.

So ging er bis zum Abend, die Stadt aber war noch weit. Er mußte im Felde übernachten; er wühlte sich in einen Heuhaufen ein und schlief die ganze Nacht. Mit dem Morgenrot erhob er sich und ging weiter; in der Nähe der Stadt kam er auf die große Fahrstraße. Auf der Straße war viel Volk, das zum Markt fuhr und ging. Ein Lastzug holte ihn ein. Die Fuhrleute fragten ihn aus, was er für ein Mensch sei und warum er in einen Sack gekleidet sei.

Aggäus erinnerte sich an die Schläge des Hirten und fürchtete, die Wahrheit zu sagen.

»Ich bin ein Fremdling: ich kam durch eure Stadt auf einer Reise in Geschäften, aber unterwegs überfielen mich die Räuber, prügelten mich durch und plünderten mich aus. Sie nahmen mir mein meine Kleider und mein Geld. Sie zogen mir einen Sack an und ließen mich laufen.«

Die guten Leute erbarmten sich sein: sie brachten zusammen, was sie konnten, der eine ein Hemd, der andre eine Hose: der eine gab ihm alte Stiefel, der andre eine Jacke und der dritte eine Mütze. Aggäus dankte ihnen, fragte, wo sie zu finden wären und wie sie hießen und ging etwas aufgemuntert in die Stadt.

»Bald«, dachte er, »nimmt meine Qual ein Ende, den Missetäter werde ich bestrafen und die, die mir geholfen, belohnen.«

Er ging geradeaus auf den Domplatz: dort befand sich sein Palast. Er wollte in das Haustor hineingehen, aber die Wache erkannte ihn nicht und ließ ihn nicht hinein. Er fürchtete, daß sie ihn wieder schlagen würde, ging fort und überlegte, was er nun tun sollte. Direkt ins Haus konnte man nicht gehen: bis er zum Betrüger kam, würde er durchgeprügelt, ins Gefängnis geworfen oder sogar getötet werden. »Ich muß mich gedulden,« dachte er. So ging er auf den Markt, wo die Tagelöhner sich vermieteten und mischte sich unter die Menge. Er wurde gemietet, für kleines Entgelt bei einem Bau Ziegelsteine zu tragen. Schwer war ihm diese Arbeit: er rieb sich seine Schultern blutig, weil es ihm ungewohnt war, und war wie zerschlagen. Am Abend bekam er das Geld und teilte es in drei Teile ein: für den einen Teil kaufte er sich Brot und aß es, den andern behielt er als Vorrat, um ein Nachtlager zu mieten, und für den dritten kaufte er sich Papier, um seinem Weibe einen Brief zu schreiben. Sie hatten beide miteinander ein großes Geheimnis: nur er und sein Weib kannten es und damit sie diesen Brief glauben sollte, schrieb er ihr dieses Geheimnis, und als er vor sein Haus kam, erblickte er eine Frau, eine von den Dienerinnen seines Weibes, und übergab ihr den Brief. Auch die Dienerin erkannte ihn nicht in seiner schlechten Kleidung. Aggäus stellte sich in einiger Entfernung von dem Tor auf und wartete auf eine Antwort.

Sein Weib aber, weil sie sah, daß ihr Mann bei ihr war, konnte diesem Brief nicht glauben. Sie dachte, daß ihr Mann dieses Geheimnis vielleicht jemand ausgeplaudert hätte, und daß dieser Missetäter sie absichtlich versuchen wollte: sie fürchtete sehr ihren strengen Mann und wußte, daß er, wenn er es erfahren würde, daß man ihr solche Briefe brachte, sie bestrafen würde, ohne der Sache auf den Grund zu gehen. Und um den Menschen zu verjagen, der diesen Brief geschrieben, und ihn zu erschrecken, damit er es nie mehr wagte, sie zu verwirren, befahl sie ihren Dienern, ihn zu ergreifen, in den Hof zu führen und grausam durchzupeitschen. Die Diener führten es aus und ließen Aggäus erst halbtot los. So schleppte er sich in die Herberge und quälte sich die ganze Nacht: erst gegen Morgen schlief er ein. Sein Körper schmerzte ihn sehr, und in seiner Seele sah es noch schlimmer aus: ohnmächtiger Zorn und gebundene Raserei peinigten ihn, – und es gibt keine schlimmeren Qualen.

Am andern Tag war ein Fest, und die Wirtsleute der Herberge rüsteten sich zur Kirche. Die Wirtin putzte sich aus und ging vors Haustor, der Mann aber machte sich noch im Hofe mit irgend etwas zu schaffen. Und die Frau rief ihren Mann:

»Komm doch,« rief sie, »sonst kommt der Verweser in die Kirche, und wir sehen ihn nicht.«

Aggäus hörte das und fragte:

»Wer ist euer Verweser?«

»Du bist wohl ein Fremdling, daß du es nicht weißt? Unser Verweser ist Aggäus. Er herrscht in der Stadt und in der ganzen Provinz schon seit zwölf Jahren. Unser Verweser ist sehr streng: gestern sah ich ihn auf der Straße und bin vor Angst beinah umgefallen.«

Die Wirtsleute gingen in die Kirche und Aggäus wußte nicht, was er denken sollte. Er beschloß: »Komme was kommen mag. schlimmer, wie es jetzt ist, kann ich es nicht machen: wenn er mich auch hinrichten läßt, ich gehe hin und entlarve den Missetäter.« Und er folgte den Wirtsleuten in den Dom und stellte sich mit dem Volk in die Vorhalle, wo der Verweser vorübergehen mußte.

Da sah Aggäus: es kamen seine Leibgarde mit den Äxten und Schwertern und die Befehlshaber und Beamten in festlichen Gewändern. Und unter dem brokatnen Baldachin schritt der Verweser mit der Verweserin: ihre Gewänder waren golddurchwirkt, und die Gürtel mit kostbaren Edelsteinen geschmückt. Und Aggäus sah dem Verweser ins Gesicht und ward entsetzt: Gott hatte ihm die Augen geöffnet und er erkannte den Engel Gottes. Und in seinem Entsetzen floh Aggäus aus der Stadt. Lange lief er, ohne selbst zu wissen, wo und wohin. Und er fand sich in einem dichten dunklen Wald und fiel vor Müdigkeit unter einen Baum und lag lange kraftlos und ohne Bewußtsein, als wenn seine Seele ihn für eine Zeitlang verlassen hätte.

Er erwachte in der Nacht und alles erschien ihm so wüst. Er vergaß, was in den letzten drei Tagen sich ereignet halte und wußte nicht, warum durch die Zweige die Steine auf ihn blickten, warum die Bäume über ihm im Wind rauschten, warum ihm kalt war, und er nicht in seinem Daunenbett, sondern im feuchten Gras lag. Er besann sich und wußte bald alles.

Und Aggäus weinte bitter. Er erinnerte sich an sein ganzes Leben und verstand, daß Gott ihn nicht für das ausgerissene Blatt strafte, sondern für sein ganzes Leben. »Ich habe Gott erzürnt,« dachte er, »und ob ich jetzt der Gnade und Erlösung teilhaftig werden kann?«

Lange lag er und weinte, seine Sünden bereuend und Gott um Hilfe und Kraft anflehend. Und Gott schickte ihm die Kraft.

Der Tag dämmerte: Aggäus stand auf und ging aus dem Wald und ging in die helle Welt Gottes zu den Menschen.

Es verging ein Jahr, es verging ein zweites und Aggäus Weib war immer der Meinung, daß ihr Mann bei ihr im Palast lebte. Nur wunderte sie sich, warum ihr Gemahl so friedlich und gut geworden war: er ließ niemand hinrichten und niemand bestrafen; er ging nicht auf die Jagd, sondern nur in die Kirche und untersuchte Streitigkeiten und Klagen und stiftete Frieden unter den Verfeindeten. Sie sah ihn nur selten; er sah sie dann sanft an, nicht wie früher, sagte ein freundliches Wort und ging dann in sein Gemach, wo er sich einschloß und allein saß.

Schließlich drang sie in ihn. »Sag mir, mein Herr, womit habe ich dich erzürnt, daß du dein Weib von dir entfernt hast? Ich bin mir keiner Schuld bewußt: wofür bleibst du mir fremd nun schon das zweite Jahr?

Der Engel sah sie an, lächelte still und sagte:

»Du hast mich durch nichts erzürnt, meine geliebte Gemahlin, aber ich habe Gott ein Gelübde getan, drei Jahre dich nicht zu kennen. Das dritte Jahr ist bald im Anzuge und bald wirst du wie früher mit deinem Gatten leben.«

Er sagte dies und ging in sein Gemach und schloß sich ein. Sein Weib weinte und ging ebenfalls.

So lebten sie drei Jahre. Eine Woche aber bevor das vierte beginnen sollte, erließ der Verweser einen Befehl, aus der ganzen Provinz die Bettler und Armen zu versammeln. Es sollte im Hof des Verwesers für sie eine Aufnahme und Bewirtung stattfinden, und der Verweser wollte sie reich beschenken. Und so sprengten Boten nach allen Städten. Aus den Städten wurde der Befehl in alle Dörfer und Ansiedlungen gesandt und aus allen Ecken zogen die Bettler in die Hauptstadt. Und niemand wußte bis zu jener Zeit, daß es so viele Bettler im Lande gab; alle Wege waren von ihnen bedeckt: Lahme, Krüppel ohne Beine und ohne Arme, Blinde und Schwache, Narren und Arme an Geist, Alte und Junge. Die sehenden Bettler gingen meistens einzeln, die blinden in ganzen Trupps. Sie versammelten sich alle in der Stadt, und es waren ihrer so viel angekommen, daß sie nicht nur keinen Platz im Hof des Verwesers fanden, sondern den ganzen Domplatz füllten. Der Verweser ging in die Kirche, jedoch die Kirche war auch von Bettlern vollgestopft, die andern aber standen dichtgedrängt vor der Kirche auf dem Platz. Währenddessen stellten die Diener auf dem Platz Tische auf und deckten sie und stellten Pasteten und allerlei Gerichte und Fleisch, Met und Wein hin. Und wie viele Bettler es auch gab, für alle war genug Platz.

Der Verweser kam aus der Kirche, blieb vor dem Portal stehen, machte ein Zeichen mit der Hand und die Menge verstummte. »Ich freue mich, euch alle zu sehen, ihr guten Leute: ich bitte euch um eure Gnade, von meinem Brot und Salz zu essen. Setzt euch auf die Plätze und esset und wenn ihr fertig seid, komme ich noch einmal zu euch.«

Er sagte es und ging in seine Gemächer. Das Volk nahm an den Tischen Platz: ein Trupp Blinder nahm einen ganzen Tisch ein. Diese Blinden waren aus der Ferne gekommen. Sie gingen langsam und lange: es waren ihrer zwölf Mann und sie hatten nur einen Führer. Er ging voran, zwei hielten sich an ihm fest und die anderen an diesen zweien, immer, paarweise. Er setzte sie auf ihre Plätze und begann, sie zu bedienen: er goß ihnen in die Schüsseln die Suppe, verteilte unter ihnen die Pastete, zerschnitt das Fleisch und gab ihnen die Löffel in die Hand. Die Blinden aßen, er aber ging von einem zum andern und bediente sie.

Dann kam, am Ende des Festmahles, der Verweser aus seinen Gemächern und machte einen Rundgang um die Tische. Den einen fragte er nach etwas, dem andern sagte er ein freundliches Wort und hinter ihm gingen Diener mit Geld und Kleidern und beschenkten alle. Er war schon an allen vorübergegangen und näherte sich schließlich dem letzten Tisch, wo die Schar der Blinden saß. Der Führer erblickte den Verweser und zitterte und wurde ganz blaß. Da trat der Verweser zu ihm und fragte:

»Bist du auch ein Bettler?«

»Nein, großer Verweser, ich bin kein Bettler. Ich bin ein Diener den Bettlern.«

»Das hast du gut gesagt, Mensch. Wie heißest du?«

Der Führer senkte die Augen zu Boden.

»Die Menschen nennen mich Alexej.«

Der Engel sah ihm in die Augen, lächelte und sagte:

»Nicht jede Lüge wird als Lüge angerechnet. Folge mir.«

Der Führer ließ seine Blinden und folgte dem Verweser in seine Gemächer. Sie schritten durch die Menge und alle Menschen staunten über sie: Es war, als wenn zwei leibliche Brüder nebeneinander hergingen. Beide hochgewachsen, von schöner Gestalt, beide schwarzhaarig und vom selben Gesichtsschnitt: nur hatte der Führer in seinen Locken viel silbriges Grau und sein Gesicht war braun von Wind und Sonne, während das Gesicht des Verwesers weiß und hell war.

Das Volk machte Platz und ließ sie durch; sie traten in die Gemächer ein. Der Engel führte den Führer in ein entlegenes Gemach und schloß sich mit ihm ein.

»Ich habe dich erkannt, Aggäus,« sagte der Verweser. »Kennst du mich denn?«

»Ich weiß, Herr, daß du gesandt wardst, um mich zu strafen. Ich bereue meine Sünden und mein ganzes Leben ...« Und Aggäus weinte laut. Der Engel stand vor ihm; sein Gesicht wurde leuchtend und er lächelte; Aggäus erhob den Kopf und hörte auf zu weinen: noch nie hatte er ein solches Lächeln gesehen.

»Deine Strafe ist zu Ende,« sagte der Engel, nimm den Mantel, das Schwert, das Szepter und den Hut des Verwesers. Denke daran, wofür du gestraft worden bist und regiere das Volk sanft und weise und sei von heute ab ein Bruder deinem Volke.«

»Nein, mein Herr, ich gehorche deinem Befehl nicht. Ich nehme weder Schwert noch Szepter, noch Hut, noch Mantel. Ich verlasse meine blinden Brüder nicht: ich bin ihnen Licht und Nahrung, Freund und Bruder. Drei Jahre lebte ich mit ihnen und arbeitete für sie, und meine Seele hat sich an den Bettlern und Armen festgehakt. Verzeih mir und lasse mich in die Welt zu den Menschen gehen: lange stand ich allein inmitten des Volks, wie auf einer steinernen Säule. Es war da hoch, aber einsam, ich habe mein Herz verhärtet, und die Liebe zu den Menschen war geschwunden. Laß mich ziehen!«

»Das hast du gut gesagt, Aggäus,« antwortete der Engel, »geh in Frieden!«

Und der Führer Alexej ging mit seinen zwölf Blinden und arbeitete das ganze Leben für sie und für andere Arme, Schwache und Unterdrückte und lebte so viele Jahre bis zu seinem Tode.

Der Engel aber verließ nach drei Tagen den Körper des Verwesers. Der Körper wurde bestattet, und das Volk klagte sehr um seinen Verweser, der erst so stolz und dann so sanft war.

Der Engel aber erschien vor dem Angesicht Gottes.

Eine Begegnung

Viele Werst lang zog sich der breite, silberne Streifen des Mondscheins hin; das übrige Meer lag schwarz da. Den, der auf der Höhe stand, erreichte das gleichmäßige, dumpfe Rauschen der auf den Sandstrand aufrollenden Wellen: schwärzer noch als das Meer selbst schwankten die Silhouetten der Schiffe auf der Reede: ein riesengroßer Dampfer (sicher ein englischer, dachte Wassilij Petrowitsch) stand gerade in dem hellen Mondscheinstreifen und zischte mit seinem Dampf, den er als zerfetzten, in der Luft schmelzenden Strom hinausstieß: vom Meer roch es feucht und salzig. Wassilij Petrowitsch, der bis jetzt noch nichts Derartiges gesehen hatte, sah mit Vergnügen auf das Meer, auf den Mondschein, auf die Dampfer und Schiffe und atmete freudig zum erstenmal im Leben die Seeluft ein. Lange genoß er die ihm neuen Empfindungen, mit dem Rücken zur Stadt gewandt, in die er erst heute angekommen war und in der er nun viele, viele Jahre bleiben sollte. Hinter ihm spazierte die bunte Menge auf dem Boulevard, man hörte bald die russische, bald eine fremde Sprache, bald die ehrbaren und leisen Stimmen der Honoratioren des Orts, bald das Zwitschern der jungen Mädchen, laute und fröhliche Stimmen der erwachsenen Gymnasiasten, die in kleinen Gruppen neben einer, zweien oder dreien von ihnen gingen. Ein Ausbruch von Gelächter in einer solchen Gruppe zwang Wassilij Petrowitsch, sich umzuwenden. Eine fröhliche Schar ging an ihm vorüber; einer von den Jünglingen sprach etwas zu einer jungen Gymnasiastin, seine Kameraden lärmten und unterbrachen seine heiße und offenbar sich rechtfertigende Rede.

»Glauben Sie ihm nicht, Nina Petrowna! Er lügt. Er denkt sich das alles aus.«

»Nein, wirklich, – Nina Petrowna, – ich bin gar nicht schuldig.«

»Wenn es Ihnen noch einmal einfällt, mich zu betrügen, Schewirjow – « sagte das Mädchen mit gezwungen gesittetem jungem Stimmchen; das Ende konnte Wassilij Petrowitsch nicht mehr hören, weil die Schar an ihm vorübergegangen war. Nach einer halben Minute ertönte wieder aus dem Dunkel ein Ausbruch des Lachens.

Hier ist es, mein zukünftiges Saatfeld, auf dem ich als bescheidener Pflüger arbeiten werde, dachte Wassilij Petrowitsch. Erstens, weil er als Lehrer an das Gymnasium des Ortes berufen war, zweitens, weil er den figürlichen Gedankenausdruck liebte, selbst, wenn er ihn nicht laut aussprach. Ja, ich werde auf diesem bescheidenen Feld arbeiten müssen, dachte er, während er sich wieder auf die Bank setzte, das Gesicht zum Meer gewandt. Wo sind die Träume von einer Professur, von der Publizistik. von einem berühmten Namen geblieben? Das Pulver hat nicht gereicht für alle diese Scherze, Freund Wassilij Petrowitsch, versuch' nun hier zu arbeiten!

Und schöne, angenehme Gedanken regten sich im Kopf des neuen Gymnasiallehrers. Er dachte daran, wie er in seinen Schülern von den ersten Klassen an den »göttlichen Funken« wittern würde; wie er jenen Naturen helfen würde, die »das Joch der Finsternis« von sich abzuschütteln bestrebt sind: wie unter seiner Aufsicht die jungen, frischen Kräfte sich entwickeln werden, denen »der Schmutz des Lebens fern ist«: wie endlich mit der Zeit aus seinen Schülern berühmte Männer hervorgehen werden ... sogar solche Bilder malte er sich in seiner Phantasie aus: er, Wassilij Petrowitsch, bereits ein alter, ergrauter Lehrer, sitzt in seiner bescheidenen Wohnung, und ihn besuchen seine früheren Schüler, und der eine von ihnen ist Professor an einer Universität, bekannt »bei uns und in Europa«, der andere ein Schriftsteller, ein berühmter Romanier, der dritte ein Sozialpolitiker, ebenfalls berühmt. Und alle behandeln ihn mit Hochachtung. »Das war Ihr guter Samen, der in meiner Seele Wurzel geschlagen hat, als ich noch ein Knabe war. Sie haben aus mir einen Menschen gemacht, verehrter Wassilij Petrowitsch,« sagt der Sozialpolitiker und drückt gefühlvoll die Hand seines alten Lehrers ...

Übrigens befaßte sich Wassilij Petrowitsch nicht lange mit diesen erhabenen Gegenständen, bald gingen seine Gedanken zu Dingen über, die seine jetzige Lage unmittelbar berührten. Er holte seine Brieftasche hervor, zählte sein Geld nach und begann zu überlegen, wieviel er noch übrig behalten wird, nachdem alle Ausgaben gedeckt sein werden. Wie schade, daß ich so unüberlegt Geld ausgegeben habe. Unterwegs dachte er: die Wohnung ... nehmen wir an, zwanzig Rubel im Monat, Kost, Wäsche, Tee, Tabak ... tausend Rubel werde ich in einem halben Jahr auf alle Fälle sparen können.

Gewiß wird man hier gut bezahlte Stunden bekommen, so zu vier, fünf Rubel die Stunde ... Ein Gefühl der Zufriedenheit erfaßte ihn und er bekam Lust, in die Tasche zu greifen, wo zwei Empfehlungs- schreiben an zwei reiche Persönlichkeiten der Stadt lagen, um zum zwanzigstenmal ihre Adressen zu lesen. Er nahm die Briefe heraus, wickelte sie sorgfältig aus der Umhüllung, aber er konnte die Ad- ressen nicht lesen, weil der Mondschein nicht genügend hell war, um Wassilij Petrowitsch dieses Vergnügen zu bieten. Zusammen mit den Briefen lag eine Photographie eingewickelt. Wassilij Petro- witsch hielt sie gegen den Mond und bemühte sich, die bekannten Züge zu sehen. »Oh, meine Lisa,« sagte er fast laut und seufzte, nicht ohne ein angenehmes Gefühl. Lisa war seine Braut, die in Petersburg zurückgeblieben war und darauf wartete, bis Wassilij Petrowitsch tausend Rubel gespart haben würde, die das junge Paar brauchte, um sich einzurichten.

Seufzend steckte er das Bild und die Briefe in die linke Seitenta- sche und begann von dem zukünftigen Familienleben zu träumen. Und diese Träume schienen ihm noch angenehmer selbst als die Träume von jenem Sozialpolitiker, der zu ihm kommen würde, um ihm für den in sein Herz gesäten guten Samen zu danken.

Das Meer rauschte weit unten, der Wind wurde frischer. Der eng- lische Dampfer trat aus dem Mondlichtstreifen und jetzt erglänzte der Streifen ununterbrochen und leuchtete in tausend schimmern- den Spritzern, in die unendliche Meeresweite sich hinziehend und immer heller und heller werdend. Wassilij Petrowitsch hatte keine Lust, von der Bank aufzustehen, sich von diesem Bilde loszureißen und in das kleine Hotelzimmer zurückzukehren, in dem er abge- stiegen war. Aber es war schon spät; er erhob sich und ging den Boulevard entlang. Ein Herr, in einem leichten, rohseidenen Anzug und in einem Strohhut, um den eine Art Handtuch aus weißem Mull gewickelt war (das Sommerkostüm der örtlichen Elegants), erhob sich von der Bank, an der Wassilij Petrowitsch vorbeikam und sagte:

»Darf ich Sie um Feuer bitten?«

»Bitte sehr,« antwortet« Wassilij Petrowitsch.

Der rote Widerschein beleuchtete ein ihm bekanntes Gesicht.

»Nikolaj, Freund, bist du's?«

»Wassilij Petrowitsch?«

»Ich selbst ... Ach, wie froh ich bin! Das habe ich gar nicht vermutet!« sagte Wassilij Petrowitsch, den Freund in die Arme schließend und ihn dreimal küssend. »Wie kommst du hierher?« »Sehr einfach, ich bin hier im Dienst. Und du?«

»Ich bin als Gymnasiallehrer hierher berufen, eben angekommen.«

»Wo bist du abgestiegen? Wenn im Hotel, so komm doch bitte zu mir. Ich freue mich sehr, dich zu sehen, du hast doch gewiß keine Bekannten hier. Komm zu mir, wir essen zu Nacht und plaudern miteinander und feiern Erinnerungen an alte Zeiten.«

»Komm, komm,« willigte Wassilij Petrowitsch ein. »Ich freue mich sehr, sehr. Ich bin hierher wie in eine Wüste gekommen und auf einmal eine so angenehme Begegnung. Kutscher,« schrie er.

»Es ist nicht nötig, schrei nicht! Fahre vor, Sergej,« rief Wassilij Petrowitschs Freund, laut und ruhig. Ein eleganter Wagen fuhr vor, sein Besitzer sprang hinein. Wassilij Petrowitsch aber stand auf dem Bürgersteig und sah verblüfft auf die Equipage, auf die Rappen und den dicken Kutscher.

»Gehören diese Pferde dir, Kudrjaschew?«

»Mir, mir. Hast es nicht erwartet?«

»Erstaunlich. Bist du es wirklich?«

»Wer denn sonst, wenn nicht ich? Nun, steig in den Wagen, wir werden noch Zeit haben darüber zu sprechen.«

Wassilij Petrowitsch stieg ein, setzte sich neben Kudrjaschew, und der Wagen rollte davon, klirrend und auf dem Damm federnd. Wassilij Petrowitsch saß auf den weichen Polstern und wiegte sich lächelnd. Was ist das für eine sonderbare Sache, dachte er. Wie lange ist es her, daß Kudrjaschew der ärmste der Studenten war, und jetzt der Wagen. Kudrjaschew, der die ausgestreckten Beine auf dem Vordersitz hielt, schwieg und rauchte eine Zigarre. Nach fünf Minuten hielt der Wagen.

»Nun, steig aus, Bruder, ich werde dir meine bescheidene Hütte zeigen,« sagte Kudrjaschew, indem er vom Tritt hinunterstieg und Wassilij Petrowitsch beim Aussteigen half.

Bevor er in die bescheidene Hütte trat, streifte der Gast sie mit einem Blick. Der Mond stand über ihr und beleuchtete sie nicht, deshalb konnte er nur sehen, daß die Hütte einstöckig, aus Stein war, mit zwölf oder zehn großen Fenstern. Ein Vordach auf Säulchen mit Schnörkeln, die zum Teil vergoldet waren, hing über einer Tür aus schwerer Eiche mit Spiegelscheiben, einem bronzenem Griff, in Form einer Vogelkralle auf einem kristallenen Polyeder, und mit einem glänzenden Messingschild, auf dem der Name des Hausherrn stand.

»Eine Hütte hast du da, Kudrjaschew! Es ist keine Hütte, sondern sozusagen ein Palazzo,« sagte Wassilij Petrowitsch, als sie in das Vorzimmer mit den Eichenmöbeln und dem Kamin, der sie mit seinem schwarzen Rachen angähnte, traten. »Ist es dein Eigentum?«

»Nein, Bruder, so weit habe ich es noch nicht gebracht. Ich wohne zur Miete. Es ist nicht teuer, anderthalb Tausend.«

»Anderthalb,« sagte Wassillj Petrowitsch gedehnt.

»Es lohnt sich eher, anderthalb Tausend zu zahlen, als ein Kapital hineinzustecken, das vielleicht viel größere Zinsen geben kann, wenn es nicht in Immobilien verwandelt wird. Außerdem braucht man dazu viel Geld: wenn man schon baut, so dürfte es nicht so schäbig sein, wie dies hier.«

»Schäbig?« rief Wassilij Petrowitsch staunend.

»Natürlich, das Haus ist nicht hervorragend. Nun komm, komm schnell...«

Wassilij Petrowitsch hatte nun seinen Mantel abgelegt und folgte dem Wirt. Die Einrichtung von Kudrjaschews Wohnung gab seinem Staunen neue Nahrung. Eine ganze Reihe hoher Zimmer mit Parkettfußboden, mit teueren, goldbedruckten Tapeten, das Eßzimmer mit an den Wänden aufgehängten schlechten Modellen von Wild, mit einem großen geschnitzten Büfett und einem großen runden Tisch, auf den ein ganzer Strom von Licht aus einer bronzenen Hängelampe mit einer Milchglocke sich ergoß; ein Saal mit einem

Flügel und einer Menge Möbel aus gebogenem Buchenholz, kleinen Sofas, Bänkchen, Schemel, Stühle, mit teuren Lithographien und schlechten Öldrucken in vergoldeten Rahmen: ein Salon mit gepolsterten, seidenüberzogenen Möbeln und einer Unmenge unnötiger Dinge. Es macht den Eindruck, als sei der Hausherr plötzlich reich geworden, etwa zweimal hunderttausend gewonnen und sich kurzerhand die Wohnung opulent eingerichtet hätte. Alles war auf einmal gekauft und nicht darum gekauft, weil es gebraucht wurde, sondern, weil in den Taschen sich das Geld zu regen begann, das nun im Kauf eines Flügels, auf dem Kudrjaschew, soweit Wassilij Petrowitsch wußte, nur mit einem Finger spielen konnte, seinen Ausweg fand, oder eines schlechten alten Bildes, eins von jenen zehntausenden. die irgendeinem zweitrangigen vlämischen Meister zugeschrieben werden und auf das wahrscheinlich niemand achtet, oder eines Schachspiels von chinesischer Arbeit, mit dem man nicht spielen konnte, weil die Figuren zu fein und zart waren, in deren Köpfen aber drei Kügelchen eingeschnitzt waren, die ineinander eingeschlossen sind. Und eine ganze Menge anderer unnützer Gegenstände.

Die Freunde traten in das Arbeitszimmer. Hier war es bequemer. Ein großer Schreibtisch mit allerlei kleinen Gegenständen aus Bronze und Porzellan bedeckt, mit Papieren, Zeichen- und Malutensilien überhäuft, nahm die Mitte des Zimmers ein. An den Wänden hingen große Zeichnungen und geographische Karten und unter ihnen standen zwei niedrige türkische Diwane mit seidenen Decken. Kudrjaschew faßte Wassilij Petrowitsch um die Mitte, führte ihn zum Diwan und setzte ihn auf den weichen Polstern nieder.

»Nun, ich freue mich sehr, ich freue mich sehr, einem alten Kameraden zu begegnen,« sagte er.

»Ich auch ... weißt du, ich bin hierher, wie in die Wüste gekommen und plötzlich diese Begegnung! Weißt du, Nicolaj Konstantinowitsch, bei deinem Anblick regte sich so vieles in meiner Seele, so viele Erinnerungen wurden wach.«

»Woran denn?« »Woran? An die Studentenzeit, an die Zeit, da wir es so gut hatten, wenn nicht in materieller, so doch in moralischer Beziehung ... Erinnerst du dich...«

»Was soll ich mich da erinnern? Wie wir beide Hundewurst ge-fressen haben? Laß das, Bruder, ich habe es satt... Willst du eine Zigarre? Regalia Imperialia, oder wie sie sonst heißt. Ich weiß nur, daß das Stück fünfzig Kopeken kostet.«

Wassilij Petrowitsch nahm aus dem Kästchen die angebotene Kostbarkeit, holte aus der Tasche ein Messerchen, schnitt die Spitze ab, rauchte an und sagte:

»Nikolaj Konstantinowitsch, ich bin ganz und gar wie im Traum. Es sind ja nur einige Jahre vergangen und du hast eine solche Stel-lung.«

»Was für eine Stellung? Auf die Stellung lohnt es sich höchstens zu spucken oder wegzugehen.«

»Wieso denn? Wieviel bekommst du denn?«

»Was? Gehalt?«

»Nun ja, Gehalt?«

»An Gehalt bekomme ich, ich der Ingenieur und Gouverne-mentssekretär Kudrjaschew, zweitausendsechshundert Rubel im Jahr.«

Wassilij Petrowitsch machte ein langes Gesicht.

»Wie ist denn das möglich? Woher denn dies alles?«

»Ach, Bruder, du Einfalt, woher, aus Wasser und Erde, aus Meer und Land ... und hauptsächlich ... von hier ...«

Und er zeigte mit dem Finger auf seine Stirn. »Siehst du, wieviel Zeichnungen hier an den Wänden hängen?«

»Ich sehe,« antwortete Wassilij Petrowitsch. »Was denn weiter?«

»Weißt du, was das ist?«

»Nein, ich weiß es nicht.«

Wassilij Petrowitsch erhob sich vom Diwan und trat an die Wand. Die blauen, roten, rostbraunen und schwarzen Farben sagten ihm gar nichts, ebensowenig die geheimnisvollen Zahlen neben den punktierten Linien, die mit roter Tinte eingetragen waren.

»Was ist denn das? Zeichnungen?«

»Zeichnungen sind es wohl, aber was für welche?«

»Ich weiß es wirklich nicht, mein Freund.«

»Diese Zeichnungen stellen die zukünftige Mole dar, liebster Wassilij Petrowitsch. Weißt du. was eine Mole ist?«

»Nun ja. ich bin ja doch Lehrer der russischen Sprache. Eine Mole ist sozusagen ein Damm etwa.«

»Eben, ein Damm, ein Damm der zur Bildung eines künstlichen Hafens dient. Auf diesen Zeichnungen ist die Mole dargestellt, die jetzt gebaut wird Hast du das Meer von oben gesehen?«

»Wie denn sonst? Natürlich. Ein ungewöhnliches Bild! Aber Bauten habe ich da nicht bemerkt.«

»Es wäre auch sehr schwer, sie zu bemerken,« sagte Kudrjaschew mit einem Lachen. »Diese Mole ist gar nicht im Meer, sondern hier auf dem Lande.«

»Wo denn?«

»Bei mir und bei den anderen, die sie bauen. Bei Knobloch, Putzikowski und bei den andern. Das bleibt unter uns, natürlich: dir sage ich es als einem Freund. Was starrst du mich so an? Es ist doch eine ganz alltägliche Sache.«

»Aber höre, das ist doch schließlich fürchterlich! Sprichst du denn wirklich die Wahrheit? Verwirfst du wirklich nicht unsaubere Mittel, um diesen Komfort zu erreichen? Hat denn wirklich die ganze Vergangenheit nur dazu gedient, um dich dahin zu bringen, zu … und du sprichst so ruhig davon.«

»Halt ein, halt, Wassilij Petrowitsch. Ohne starke Ausdrücke, bitte ich mir aus. Du sagst, unehrliche Mittel? So sag' mir doch erst, was ehrlich ist und was nicht? ich selbst weiß es nicht: vielleicht habe ich's vergessen. Aber ich glaube, daß ich's nicht verstanden habe; und es kommt mir vor, daß du es eigentlich auch nicht mehr weißt, nur daß du dir da so eine Art Uniform anziehst. Und überhaupt, laß es, vor allem ist es unhöflich. Achte die Freiheit des Urteils. Du sagst, es ist unehrlich, du darfst es sagen, aber beschimpfe mich nicht: ich schimpf ja auch nicht auf dich, weil du nicht meiner Meinung bist. Die ganze Sache ist die Ansicht, der Standpunkt, und da es ihrer viele gibt, ich meine, dieser Punkte, so laß uns lieber drauf spucken und ins Speisezimmer gehen, um einen Schnaps zu trinken und uns von angenehmen Sachen zu unterhalten.«

»Ach, Nikolaj, Nikolaj, es tut mir weh, dich so zu sehn.«

»Das darfst du, du darfst mit der Seele für mich leiden, soviel du willst. Mag es dir weh tun; es vergeht schon. Du wirst dir das alles genau ansehen und überlegen und dir selber sagen: was bin ich für ein Kalb! Du wirst das noch einmal sagen: denk an mein Wort. Komm, trinken wir ein Gläschen und vergessen wir die verirrten Ingenieure; dazu haben wir ja unsere Gehirne, um zu irren... Wieviel wirst du nun bekommen, mein freundlicher Lehrer, he?«

»Dir kann es ja gleich sein.«

»Nun, so sag doch, zum Beispiel, wieviel?«

»Nun, etwa dreitausend werde ich mit Privatstunden verdienen.«

»Siehst du: für dreitausend mußt du dein ganzes Leben lang dich herumschleppen, um Stunden zu geben; und ich sitze da und sehe zu; wenn ich will, tue ich was, wenn ich nicht will, tue ich nichts; wenn mir die Idee kommen sollte, den ganzen Tag auf die Decke zu spucken, so kann ichs auch. Und Geld... Geld gibt es so viel, daß es für uns eine Bagatelle ist.«

Im Speisezimmer, das sie betraten, war alles zum Nachtessen bereit. Wie ein rosiger Berg war kaltes Roastbeef aufgeschichtet, allerlei Fläschchen mit Konserven leuchteten bunt mit ihren englischen Etiketten und den grellen Bildern. Eine ganze Reihe von Flaschen stand auf dem Tisch. Die Freunde tranken ein Gläschen Schnaps und machten sich ans Essen. Kudrjaschew aß langsam und mit Pausen; er war ganz und gar in seine Beschäftigung vertieft.

Wassilij Petrowitsch dachte nach und aß. Er war in großer Verlegenheit und wußte durchaus nicht, wie er sich benehmen sollte. Nach den von ihm angenommenen Überzeugungen hätte er aus dem Hause seines alten Kameraden eilig verschwinden müssen und nie mehr zu ihm kommen dürfen. Dieser Bissen ist doch gestohlen, dachte er, während er sich einen Bissen in den Mund tat und dazu den vom liebenswürdigen Hausherrn eingeschenkten Wein trank. Und ich selbst, was begehe ich da anderes, als eine Schurkerei? Viele solcher Definitionen regten sich im Kopf des armen Lehrers, aber die Definitionen blieben nur Definitionen und hinter ihnen verbarg sich eine heimliche Stimme, die auf jede Definition erwiderte: »Nun, und was hat's zu sagen?« Und Wassilij Petrowitsch fühlte, daß er nicht imstande war, diese Frage zu lösen und fuhr fort zu sitzen. »Nun, was tut's, ich werde beobachten,« ging es ihm als eine Rechtfertigung durch den Kopf, worauf er vor sich selber verlegen wurde ... »Wozu brauche ich zu beobachten? Bin ich denn ein Schriftsteller?«

»Solches Fleisch«, begann Kudrjaschew, »findest du in der ganzen Stadt nicht, ich mache dich darauf aufmerksam.« Und er erzählte Wassilij Petrowitsch eine lange Geschichte, wie er einmal bei Knobloch gegessen und wie das Roastbeef ihn da durch seine Qualität überrascht hatte, wie er erfahren, wo man solches bekommen kann, und wie er es schließlich bekommen hatte.

»Du bist gerade zurechtgekommen,« sagte er am Schlusse seiner Erzählung vom Fleisch. »Hast du je so etwas gegessen?« »In der Tat, das Roastbeef ist ausgezeichnet,« antwortete Wassilij Petrowitsch.

»Ausgezeichnet, Bruder! Ich habe es gern, daß alles so sein soll, wie es sich gehört. Aber warum trinkst du nicht? Halt, ich werde dir Wein einschenken.«

Jetzt folgte eine nicht weniger ausführliche Geschichte vom Wein, in der ein englischer Kapitän figurierte, ein Handelshaus in London und wieder derselbe Knobloch und das Zollamt. Während er vom Wein erzählte, trank ihn Kudrjaschew und in dem Maße, als er trank, wurde er lebendig. Auf den Wangen seines schlaffen Gesichts zeigten sich rote Flecke, seine Rede wurde rascher und belebter.

»Aber warum schweigst du denn?« fragte er Wassilij Petrowitsch. welcher hartnäckig schwieg und die Epopöen von Fleisch, Wein, Käse und dem anderen Segen, der den Tisch des Ingenieurs schmückte, anhörte.

»So, Freund, ich hab keine Lust zu sprechen.«

»Keine Lust zu sprechen? ... Das ist aber Unsinn. Du bist, wie ich sehe, noch immer sauertöpfisch wegen meines Bekenntnisses. Es tut mir leid, es tut mir sehr leid, daß ich es gesagt habe; wir hätten mit großem Vergnügen zu Abend gegessen, wenn nicht diese verfluchte Mole ... so denk doch lieber nicht daran, Wassilij Petrowitsch, laß es

… He? Spuck drauf, Wassenjka, wirklich. Was soll man tun, Bruder? Ich habe die Erwartungen nicht gerechtfertigt. Das Leben ist keine Schule. Und ich weiß auch nicht, wie lange du dich auf dem Pfad halten wirst.« »Ich bitte dich, mach keine Vermutungen über mich.« sagte Wassilij Petrowitsch.

»Du bist böse. Natürlich wirst du dich nicht halten können. Was hat dir deine Uneigennützigkeit eingetragen? Bist du ruhig? Denkst du denn nicht jeden Tag darüber nach, ob deine Handlungen deinen Idealen entsprechen und überzeugst du dich nicht jeden Tag davon, daß sie mit ihnen nicht übereinstimmen? Das ist doch wahr, nicht? Trink doch, der Wein ist gut.«

Er schenkte sich ebenfalls ein, hielt das Glas gegen das Licht, kostete, schmatzte mit den Lippen und trank aus. »Jetzt glaubst du, mein lieber Freund, daß ich nicht weiß, was für ein Gedanke in deinem Kopfe steckt? Ich weiß es ganz genau: Wozu, denkst du, sitze ich bei diesem Menschen, brauche ich ihn denn? Kann ich nicht ohne seinen Wein und ohne seine Zigarren leben? Halt, halt, laß mich aussprechen. Ich denke gar nicht, daß du bei mir der Zigarren und des Weines wegen dasitzest, ganz und gar nicht. Wenn du sie sogar sehr gewünscht hättest, du hättest doch nicht Teller geleckt. Teller lecken ist eine sehr schwierige Sache. Du sitzest bei mir und sprichst mit mir einfach deshalb, weil du nicht entscheiden kannst, ob ich wirklich ein Verbrecher bin. Ich rufe in dir keine Empörung hervor, das ist alles. Natürlich ist das alles sehr kränkend für dich, denn in deinem Kopf sind unter verschiedenen Rubriken Überzeugungen verteilt, und an ihnen gemessen, bin ich, dein früherer Kollege und Freund, ein Schuft. Und dennoch kannst du keine Feindschaft für mich empfinden. Die Überzeugungen sind eine Sache für sich und ich bin eine Sache für sich, ein Kamerad, ein guter Kerl und man kann sogar sagen, ein guter Mensch. Du weißt doch, daß ich nicht imstande bin, irgend jemand zu kränken.«

»Halt, Kudrjaschew, woher hast du dies alles?« Wassilij Petrowitsch zeigte mit der Hand rings um sich. »Du sagst ja selbst, es ist fremdes Gut: nun und der ist eben gekränkt, dem das alles geraubt ist.«

»Es ist leicht zu sagen: dem das alles geraubt ist. Ich aber denke und denke darüber nach, wen ich gekränkt haben sollte, und kann niemand finden. Du weißt nicht, wie diese Sache gemacht wird; ich werde es dir erzählen und du wirst vielleicht mir zustimmen, daß es nicht so leicht ist, den Gekränkten zu finden.«

Kudrjaschew klingelte. Eine ruhige Lakaiengestalt im schwarzen Frack erschien an der Tür.

»Bringen Sie mir die Zeichnung aus dem Arbeitszimmer, Iwan Pawlitsch, die zwischen den Fenstern hängt. Und sieh, Wassilij Petrowitsch, was das für eine großartige Sache ist: wirklich, ich fange an, Poesie darin zu finden.«

Iwan Pawlitsch brachte vorsichtig einen großen Karton, der auf Leinewand aufgezogen war. Kudrjaschew nahm ihn, schob die Teller, Flaschen und Gläser von sich weg und breitete die Zeichnung auf der mit Rotwein bespritzten Tischdecke aus.

»Sieh hierher.« sagte er. »Da hast du einen Querschnitt durch unsere Mole und hier ist ein Längsschnitt. Siehst du die blaue Farbe? Das ist das Meer. Seine Tiefe ist hier so groß, daß man mit dem Bau nicht auf dem Grund anfangen kann. Deswegen müssen wir erst ein Bett bereiten.«

»Ein Bett?« fragte Wassilij Petrowitsch. »Eine seltsame Benennung.«

»Ein steinernes Bett aus großen Steinen, nicht kleiner als ein Fuß im Umfang.« Kudrjaschew schraubte vom Uhrschlüssel einen kleinen silbernen Zirkel los und bezeichnete mit ihm auf der Zeichnung eine kleine Linie. »Sieh mal, Wassilij Petrowitsch. Dies ist ein Faden: wenn wir das Bett damit quer durchmessen, so enthält es nicht weniger als 50 Faden Breite. Kein schmales Bettchen, nicht wahr? Eine so breite steinerne Masse soll vom Grund des Meeres auf bis zu 16 Fuß unter seiner Oberfläche ausgeführt werden. Wenn du dir die Breite dieses Bettes und die Riesenlänge vorstellst, so kannst du einen Begriff bekommen von der Riesengröße dieser Masse Steine. Zuweilen, weißt du, geht den ganzen Tag eine Barke nach der anderen zur Mole, eine Barke nach der anderen wirft ihre Ladung hinein und wenn du abmissest, ist der Zuwachs ganz nichtig, wie wenn man Steine in einen Abgrund werfen würde ... Das Bett ist hier auf dem Plan schmutziggrau angemalt. Es wird gebaut und vom Ufer aus kommt ihm zugleich eine andere Arbeit entgegen. Mit Hilfe von

Dampfkränen werden in dieses Bett große künstliche Steinmassen hinabgesenkt, die aus Kieselsteinen und Zement zusammengefügt sind. Jeder solcher Steine ist einen Kubikfaden groß und wiegt viele hundert Pud. Der Dampf hebt sie, wendet sie und schichtet sie reihenweise auf. Es ist ein seltsames Gefühl, wenn man mit dem leichten Druck der Hand eine solche Masse zwingt, sich zu heben und zu senken, je nach seinem Wunsch. Wenn solch eine Masse dir gehorcht, fühlst du die Macht des Menschen ... Siehst du, da sind sie, diese Würfel.« Er zeigte mit dem Zirkel. »Das Fundament aus ihnen wird bis zur Wasseroberfläche geführt, dann beginnt schon die obere Steinschicht aus behauenen Steinen. Solcher Art ist unsere Arbeit. Sie steht einer beliebigen ägyptischen Pyramide nicht nach. Da hast du in allgemeinen Zügen unsere Arbeit, die schon einige Jahre dauert und wie lange sie noch dauern wird, das weiß Gott. Es wäre erwünscht, möglichst lange, übrigens, wenn es mit ihr so gehen wird, wie in der letzten Zeit, so wird es vielleicht für unser Leben ausreichen.«

»Nun und weiter?« fragte Wassilij Petrowitsch nach langem Schweigen.

»Weiter? Eben, wir sitzen auf unserem Fleck und bekommen so viel, wie es sich gehört.«

»Ich sehe aus deiner Erzählung noch nicht die Möglichkeit, etwas zu bekommen.«

»Du bist noch jung, das ist es eben! Übrigens, wir sind ja gleichaltrig, nur daß die Erfahrung, die dir fehlt, mich weise und älter gemacht hat. Die Sache ist folgende: du weißt ja, daß auf jedem Meer Stürme vorkommen. Sie eben handeln. Sie spülen jedes Jahr das Bett weg und wir machen ein neues.« »Dennoch sehe ich keine Möglichkeit...«

»Wir machen ein neues,« fuhr Kudrjaschew ruhig fort, »auf dem Papier, hier, auf dieser Zeichnung: denn nur auf dieser Zeichnung spült das Meer es weg.«

Wassilij Petrowitsch verwandelte sich ganz in Staunen.

»Weil doch die Wellen, die nur acht Fuß Höhe erreichen, tatsächlich nicht imstande sind, das Bett wegzuspülen. Unser Meer ist ja kein Ozean und auch dort halten solche Molen wie die unsere aus.

Bei uns aber herrscht zwei Faden unter der Oberfläche, wo das Bett eigentlich aufhört, fast Totenstille. So hör' doch, Wassilij Petrowitsch, wie Geschäfte gemacht werden. Im Frühjahr, nach den Herbst- und Winterstürmen, kommen wir zusammen und stellen die Frage: wieviel von dem Bett ist diesen Winter fortgespült worden? Wir nehmen die Zeichnung vor und notieren. Nun, und dann schreiben wir, wohin es sich gehört: die Stürme haben soundso viel Kubikfaden der angefangenen Arbeiten fortgespült. Von dort wird geantwortet: Baut, bessert aus, hol' euch der Teufel. Nun und wir bessern aus.«

»Nun, was bessert ihr denn aus?«

»Unsere Taschen bessern wir aus,« sagte Kudrjaschew und lachte selbst über seinen Witz.

»Nein, das ist unmöglich, unmöglich,« schrie Wassilij Petrowitsch. vom Stuhle aufspringend und durchs Zimmer rennend. »Höre, Kudrjaschew, du richtest dich ja zugrunde... Ich spreche schon nicht von dem Unmoralischen dieser Sache ... Ich will dir nur einfach sagen, daß man euch alle dabei abfassen wird, und du wirst zugrunde gehen, nach Sibirien kommen, o Gott, o Gott! Das sind die Hoffnungen, die Träume! Ein so fähiger und ehrlicher Jüngling, und plötzlich . ..«

Wassilij Petrowitsch geriet in Begeisterung und sprach lange und hitzig. Aber Kudrjaschew rauchte vollkommen ruhig seine Zigarre und betrachtete seinen aus dem Häuschen geratenen Freund.

»Du wirst sicher nach Sibirien kommen,« beschloß Wassilij Petrowitsch seine Philippika.

»Bis nach Sibirien ist es sehr weit. Du bist ein seltsamer Mensch, wenn ich dich so ansehe: verstehe mich doch, bin ich denn allein, der ... wie soll ich mich höflicher ausdrücken, erwirbt? Alles ringsum, selbst die Luft, scheint mir zu stehlen. Vor kurzem kam zu uns ein Neuer und begann, über das Fach der Ehrlichkeit Korrespondenzen zu schreiben. Nun, wir haben ihn zugedeckt... und werden immer wieder zudecken, alle für einen, einer für alle. Du denkst, der Mensch ist sich selbst ein Feind. Wer würde sich entschließen, mich anzurühren, wenn er dadurch selbst ins Wanken geraten würde?«

»Also sind alle beteiligt?«

»Jawohl, jawohl, alle nehmen vom Leben, was sie können und verhalten sich ihm gegenüber nicht platonisch ... Wovon hatten wir doch erst gesprochen? Ja, davon, wen ich damit kränke. So sage mir, wen? Das arme Volk etwa? Wodurch denn? Ich schöpfe doch nicht direkt aus der Quelle, sondern ich nehme etwas Fertiges, was schon genommen ist, und was, wenn ich es nicht nehme, jemandem, der noch schlimmer ist als ich, in die Hände kommt. Wenigstens lebe ich doch nicht wie ein Schwein, ich habe auch mancherlei geistige Interessen: ich abonniere eine Menge Zeitungen und Zeitschriften; man schreit und redet von der Wissenschaft, von der Zivilisation, wie würde man die Zivilisation anwenden können, wenn wir nicht wären, wir Menschen mit Mitteln? Wer gibt der Wissenschaft die Möglichkeit, vorwärts zu schreiten, wenn nicht die Bemittelten? Man muß doch die Mittel von irgendwo hernehmen. Auf dem sogenannten ehrlichen Wege...«

»Ach, sprich nicht zu Ende. Sprich wenigstens dies letzte Wort nicht aus, Nikolaj Konstantinowitsch.«

»Das letzte Wort? Wie, wäre es besser, du krumme Seele, wenn ich gelogen und mich gerechtfertigt hätte? Wir stehlen, hörst du! Und wenn ich die Wahrheit sagen soll, so stiehlst du auch.«

»Höre, Kudrjaschew...«

»Ich habe nichts von dir zu hören,« sagte Kudrjaschew lachend, »du bist auch ein Räuber, nur unter der Maske der Tugend. Was ist dein Lehrberuf für eine Beschäftigung? Machst du mit deiner Arbeit selbst die Pfennige bezahlt, die man dir jetzt zahlt? Wirst du wenigstens einen einzigen anständigen Menschen erziehen? Dreiviertel von deinen Zöglingen werden so werden wie ich und einviertel so wie du, das heißt, eine Schlafmütze mit guten Absichten. Nun, sag doch offen, nimmst du nicht das Geld umsonst und bist du viel weiter als ich? Und muckst noch auf? Predigst Ehrlichkeit!«

»Kudrjaschew, glaube mir, daß mir dies Gespräch sehr peinlich ist.«

»Mir aber durchaus nicht.«

»Ich habe es nicht erwartet in dir das zu finden, was ich fand.«

»Kein Wunder: die Menschen verändern sich und auch ich habe mich verändert. Nach welcher Richtung aber, das konntest du nicht erwarten: du bist ja kein Prophet.«

»Man braucht kein Prophet zu sein, um zu hoffen daß ein anständiger Jüngling ein ehrenhafter Bürger wird.«

»Ach, laß doch, sprich doch dieses Wort nicht! Ein ehrenhafter Bürger! Aus welchem Lehrbuch hast du diese Altertümlichkeit geholt? Es ist Zeit für dich, daß du aufhörst, sentimental zu sein: du bist doch kein Knabe mehr ... Weißt du was, Wassja,« Kudrjaschew nahm Wassilij Petrowitsch dabei bei der Hand: »sei ein Freund, laß diese verdammte Frage. Trinken wir lieber wie gute Kameraden. Iwan Pawlitsch! Bring noch eine Flasche von diesem da.«

Iwan Pawlitsch erschien sofort mit einer neuen Flasche. Kudrjaschew schenkte in die Gläser ein.

»Nun, trinken wir auf das Gedeihen ... auf wessen? Nun einerlei: auf unser beider Gedeihen.«

»Ich trinke,« sagte Wassilij Petrowitsch mit Gefühl, »auf daß du zur Besinnung kommst. Das ist mein inständigster Wunsch.« »Sei doch ein Freund. Erinnere nicht mehr daran ... Denn wenn ich zur Besinnung komme, dann kann ich nicht mehr trinken, dann müßte ich die Zähne auf das Wandbrett legen. Siehst du, das ist deine Logik. Wir wollen einfach trinken, ohne irgendwelche Wünsche. Lassen wir dieses langweilige Gerede. Es ist einerlei, wir werden doch zu keinem Resultat kommen: du wirst mich nicht auf den rechten Weg bringen und ich werde dich nicht überzeugen. Es lohnt sich auch nicht zu überzeugen: du wirst schon mit deiner eigenen Vernunft zu der gleichen Philosophie gelangen.«

»Niemals,« rief Wassilij Petrowitsch, das Glas auf den Tisch heftig niedersetzend.

»Nun, das wollen wir noch sehen. Warum habe ich bloß alles von mir erzählt? Und von dir schweigst du? Was hast du getan bis jetzt? Was gedenkst du jetzt zu tun?«

»Ich habe dir schon gesagt, daß ich hierher als Lehrer berufen bin.«

»Ist das deine erste Stelle?«

»Ja, die erste: ich habe früher nur Privatstunden gegeben.«

»Und auch jetzt gedenkst du welche zu geben?«

»Wenn ich welche finde, warum denn nicht!«

»Wir werden dir schon welche finden, Freund!« Kudrjaschew schlug Wassilij Petrowitsch auf die Schulter. »Die ganze hiesige Jugend werden wir dir in die Lehre geben. Wieviel hast du in Petersburg für die Stunde bekommen?«

»Wenig, es war sehr schwer, gutbezahlte Stunden zu bekommen. Einen Rubel oder zwei, nicht mehr.«

»Nun. für solche Pfennige muß sich ein Mensch plagen! Hier aber wage es nicht, weniger als fünf zu verlangen. Es ist eine schwere Arbeit: ich weiß ja noch selbst, wie ich im ersten und zweiten Jahrgang Stunden geben lief. Wenn man eine Stunde um fünfzig Kopeken bekam, war man froh. Es ist die undankbarste und schwerste Arbeit. Ich werde dich mit allen Unsern hier bekannt machen – hier gibt es sehr liebenswürdige Familien, und mit den jungen Damen. Wenn du dich vernünftig betragen wirst, werde ich dir auch eine Braut finden. Was meinst du. Wassilij Petrowitsch?«

»Nein, ich danke, ich hab's nicht nötig.«

»Hast du schon eine? Ist es wahr?«

Wassilij Petrowitsch verriet Verwirrung.

»Ich sehe es deinen Augen an, daß es wahr ist. Nun, Bruder, ich gratuliere. Das nenn' ich aber schnell. Sieh bloß Wassja ... Iwan Pawlitsch!« rief Kudrjaschew.

Iwan Pawlitsch erschien mit verschlafenem und bösem Gesicht in der Tür.

»Bring Champagner!«

»Es ist kein Champagner mehr da. Es ist alles verbraucht!« antwortete der Diener finster.

»Laß es, Kudrjaschew, wozu denn, wirklich?«

»Schweig, dich frage ich nicht. Du willst mich wohl kränken, was? Iwan Pawlitsch, ohne Champagner darfst du nicht kommen,

hörst du? Geh!« »Es ist aber alles geschlossen, Nikolaj Konstantinowitsch.«

»Sprich nicht erst lange. Geld hast du: so geh und bringe welchen.« Der Diener ging fort, etwas vor sich hinmurmelnd.

»Ist das ein Vieh, er spricht noch! Und du sagst noch, es braucht's
nicht. Wenn man bei solcher Gelegenheit nicht trinken sollte, wozu
existiert dann der Sekt? ... Nun, wer ist sie denn?«

»Wer?«

»Nun. sie. die Braut ...? Ist sie arm, reich, schön?«

»Du kennst sie ja nicht. Was soll ich dir ihren Namen nennen?
Vermögen hat sie nicht, und Schönheit ist ein relativer Begriff. Ich
finde sie schön.«

»Hast du eine Photographie? Du trägst sie gewiß am Herzen.
Zeig'.«

Und er streckte die Hand aus.

Das vom Wein rote Gesicht Wassilij Petrowitschs errötete noch
mehr. Unwillkürlich knöpfte er seinen Rock auf, holte sein Ta-
schenbuch hervor und die kostbare Photographie. Kudrjaschew
ergriff sie und betrachtete sie.

»Schon gut, Freund: du weißt, wo die Krebse überwintern.«

»Könntest du nicht andre Ausdrücke gebrauchen?« sagte Wassilij
Petrowitsch schroff. »Gib sie her, ich will sie wieder einstecken.«

»Halt, laß mich noch genießen. Ich wünsche euch Liebe und Eintracht, na, nimm sie, leg sie wieder an dein Herz. Ach, du sonderba-
rer Kerl!« rief Kudrjaschew und begann zu lachen.

»Ich verstehe nicht, was du so Komisches daran findest.«

»Es ist mir auf einmal so komisch zumute. Ich habe mir dich in
zehn Jahren vorgestellt: du selbst im Schlafrock, deine häßlich gewordene schwangere Frau, sieben Kinder und sehr wenig Geld, um
ihnen Schuhchen, Höschen, Mützchen und dergleichen zu kaufen.
Überhaupt Prosa. Wirst du auch dann noch die Photographie in der
Brusttasche tragen? Ha, ha, ha!«

»So sag' doch lieber, welche Poesie dich in Zukunft erwartet? Geld empfangen und es verbrauchen. Essen, trinken und schlafen.«

»Nicht essen, trinken und schlafen, sondern leben, mit dem Bewußtsein seiner Freiheit und sogar einiger Macht zu leben.«

»Macht, was für Macht besitzest du?«

»Die Macht liegt im Geld, und Geld habe ich. Ich kann machen, was ich will ... Wenn ich Lust habe, dich zu kaufen, kann ich es auch tun.«

»Kudrjaschew!«

»Bramarbasiere nicht unnütz. Dürfen wir nicht, zwei so alte Freunde, Spaß miteinander machen? Natürlich will ich dich gar nicht kaufen. Lebe du nur auf deine Art. Dennoch kann ich alles machen, was ich will. Ach ich, Dummkopf, Dummkopf!« rief plötzlich Kudrjaschew, sich auf die Stirn schlagend. »Wir sitzen hier so lange Zeit und ich habe dir die Hauptsehenswürdigkeit noch nicht gezeigt. Du sagst: essen, trinken und schlafen? Ich werde dir bald eine solche Sache zeigen, daß du deine Worte zurücknehmen wirst. Komm, nimm die Kerze.«

»Wohin denn?« fragte Wassilij Petrowitsch.

»Folge mir. Du wirst schon sehen, wohin.«

Als Wassilij Petrowitsch sich vom Stuhl erhob, fühlte er sich nicht ganz in Ordnung. Seine Beine gehorchten ihm nicht ganz und er konnte den Leuchter keineswegs so halten, daß das Stearin nicht auf den Teppich tropfte. Dennoch, nachdem er die ungehorsamen Glieder gefügiger gemacht, folgte er Kudrjaschew. Sie durchschritten einige Zimmer, einen schmalen Korridor und befanden sich in einem feuchten und dunklen Raum. Ihre Schritte hallten dumpf auf dem steinernen Boden. Ein im Dunkeln rauschender Wasserstrahl gab einen unendlichen Akkord. Von der Decke hingen Stalaktiten aus Tuffstein und bläulichem, gegossenem Glas herunter; hie und da erhoben sich ganze künstliche Felsen. Eine Menge tropischer Pflanzen bedeckte sie und an einigen Stellen glänzten dunkle Spiegel.

»Was ist denn das?« fragte Wassilij Petrowitsch.

»Ein Aquarium, das mich zwei Jahre Zeit und viel Geld gekostet hat. Warte, ich werde Licht machen.«

Kudrjaschew verschwand hinter dem Grün, Wassilij Petrowitsch aber trat zu einem dieser Spiegelgläser und betrachtete, was hinter ihnen war. Das schwache Licht der einen Kerze konnte nicht weit ins Wasser dringen, aber die Fische, große und kleine, vom hellen Punkt angelockt, versammelten sich an dem beleuchteten Ort und sahen Wassilij Petrowitsch mit ihren runden Augen dumm an. mit den Mäulern schnappend, die Kiemen und Flossen bewegend. Weiter sah man die dunklen Umrisse der Algen, irgendein Reptil bewegte sich darin; Wassilij Petrowitsch konnte seine Formen nicht unterscheiden.

Plötzlich ließ ihn ein Strom blendenden Lichts für einen Augenblick die Augen schließen, und als er sie wieder öffnete, da erkannte er das Aquarium nicht wieder. Kudrjaschew hatte an zwei Stellen die elektrischen Lampen aufleuchten lassen. Ihr Licht drang durch die Masse des bläulichen Wassers, das von Fischen und andern Tieren wimmelte und mit Pflanzen erfüllt war, die sich auf dem unklaren Hintergrund mit ihren blutigroten, bräunlichen und schmutziggrünen Silhouetten scharf abzeichneten. Die Felsen und die tropischen Pflanzen, die durch den Kontrast noch dunkler erschienen, faßten die dicken Spiegelscheiben schön ein, durch die man in das Innere des Aquariums hineinsehen konnte. In ihm war alles, vom blendenden Licht erschreckt, in Bewegung und Flucht begriffen. Eine ganze Schar rotköpfiger Fische jagte hin und her, wie auf Kommando sich umdrehend, die Sterletten wanden sich, mit der Schnauze ans Glas geschmiegt, und stiegen bald bis zur Wasseroberfläche oder ließen sich auf den Grund nieder, als wollten sie durch das durchsichtige feste Hindernis hindurch; ein schwarzer, glatter Aal vergrub sich in den Sand und umgab sich mit einer ganzen Wolke von Schlamm. Ein komischer, kurzer Tintenfisch löste sich vom Felsen, auf dem er saß, los und schwamm ruckweise rückwärts, seine langen Fangarme nachschleifend. Alles zusammen war so schön und neu für Wassilij Petrowitsch, daß er sich vollständig vergaß.

»Wie findest du es. Wassilij Petrowitsch?« fragte Kudrjaschew, zu ihm tretend.

»Wunderbar, Freund, erstaunlich! Wie hast du das alles einge-richtet? Wieviel Geschmack! wie effektvoll!«

»Und füge noch hinzu, wieviel Wissen! Ich bin absichtlich nach Berlin gereist, um das dortige Wunder zu sehen, und ohne zu prahlen darf ich wohl sagen, daß meins zwar der Größe nach hinter ihm zurücksteht, was aber die Schönheit und die Interessantheit betrifft, nicht ein bißchen ... das ist mein Stolz und mein Trost. Wenn es langweilig wird, komme ich hierher, setze mich und sehe stundenlang zu. Ich liebe all dieses Getier dafür, daß es aufrichtig ist, nicht so wie unsereins, der Mensch. Es frißt einander auf und schämt sich nicht. Sieh da, da: siehst du. Er holt es ein.

Ein kleines Fischlein stürzte heftig nach oben, nach unten und nach den Seiten, um sich vor einem langen Räuber zu retten. In Todesangst warf es sich aus dem Wasser in die Luft, verbarg sich unter den Felsvorsprüngen, die scharfen Zähne aber holten es überall ein. Der Raubfisch war schon bereit, es zu packen, als plötzlich ein anderer von der Seite einsprang und ihm die Beute entriß. Das Fischlein verschwand in seinem Rachen. Der Verfolger hielt verblüfft inne, während der Räuber sich in einen dunklen Winkel zurückzog.

»Er ist ihm zuvorgekommen!« rief Kudrjaschew. »Der Dummkopf hat jetzt nichts. Es lohnte sich, zu jagen, damit man ihm den Bissen vor der Nase wegschnappte!... Wenn du wüßtest, welche Mengen von kleinen Fischen sie fressen: du läßt heute eine ganze Wolke hinein und am nächsten Tag ist alles aufgefressen. Sie fressen und denken nicht an Unmoralität, wir aber, ich habe mir erst seit kurzem diesen Unsinn abgewöhnt. Wassilij Petrowitsch! Willst du nicht endlich zugeben, daß dieses Unsinn ist?«

»Was denn?« fragte Wassilij Petrowitsch, ohne die Augen vom Wasser loszureißen.

»Nun, alle diese Gewissensbisse. Wozu sind sie? Ob du dir Gewissensbisse machst oder nicht machst – wenn dir ein Bissen zufällt... nun und so habe ich sie abgesetzt, diese Gewissensbisse und bin bemüht, dieses Getier nachzuahmen.«

Er wies mit dem Finger auf das Aquarium.

»Dem Freien seine Freiheit,« sagte Wassilij Petrowitsch mit einem Seufzer, »höre Kudrjaschew, das sind doch, wie mir scheint, Seepflanzen und Seetiere.«

»Ja. Und das Wasser ist aber auch Seewasser. Einzig dafür habe ich eine Leitung eingerichtet.«

»Von der See her? Aber das muß doch riesig viel Geld kosten?« »Ja, nicht wenig. Das Aquarium kostet mich einige Dreißigtausend.«

»Dreißigtausend?« rief Wassilij Petrowitsch entsetzt, »bei sechzehnhundert Rubel Gehalt?«

»So laß doch dieses Entsetzen! Wenn du dich sattgesehen hast, komm, Iwan Pawlitsch hat gewiß schon das Verlangte gebracht. Warte, ich will das Licht ausschalten.«

Das Aquarium versank wieder in Finsternis. Die Kerze, die weiterbrannte, erschien jetzt Wassilij Petrowitsch ein trübes, qualmendes Feuerchen.

Als sie ins Speisezimmer traten, hielt Iwan Pawlitsch eine in eine Serviette gewickelte Flasche bereit.

Aus den Erinnerungen des Gemeinen Iwanow

I

Am 4. Mai des Jahres 1877 kam ich in Kischinew an und erfuhr nach einer halben Stunde, daß die sechsundfünfzigste Infanteriedivision die Stadt passieren wird. Da ich angekommen war, um in irgendein Regiment einzutreten und den Krieg mitzumachen, so stand ich schon am 7. Mai morgens um vier Uhr auf der Straße, in den grauen Reihen, die sich vor der Wohnung des Obersten des zweihundertzweiundzwanzigsten Starobielskischen Infanterieregiments aufgestellt hatten. Ich hatte einen grauen Mantel mit roten Achselklappen und blauen Knopflöchern an, und ein Käppi mit einem blauen Rand: auf dem Rücken einen Ranzen, im Gürtel Patronentaschen, in den Händen ein schweres Gewehr.

Die Musik donnerte: aus dem Haus des Obersten wurden die Fahnen hinausgetragen, das Regiment salutierte lautlos. Dann ertönten brausende Rufe: der Oberst gab das Kommandozeichen, ihm folgten der Bataillonschef, die Kompagniechefs und die Unteroffiziere. Die Folge davon war eine verwirrte und mir vollkommen unverständliche Bewegung der grauen Mäntel, die damit endete, daß das Regiment sich in eine lange Kolonne auszog und gemessen unter den Tönen des Regiments-Orchesters, das einen lustigen Marsch spielte, zu schreiten begann. Ich schritt auch mit, bemüht, mit meinem Nachbar im Takt zu gehen. Der Ranzen zog mich nach hinten, die schweren Patronentaschen nach vorn, das Gewehr flog fortwährend von der Schulter herunter, der Kragen meines grauen Mantels rieb mir den Hals; aber trotz dieser kleinen Unannehmlichkeiten stimmte die Musik, dies harmonische schwere Schreiten der Kolonne, der frühe frische Morgen, der Anblick dieser Borste aus Lanzen und der sonnverbrannten strengen Gesichter die Seele fest und ruhig.

An den Haustüren drängten sich die Menschen, trotz des frühen Morgens; zu den Fenstern blickten halb angezogene Gestalten hinaus. Wir gingen die lange gerade Straße entlang, am Wochenmarkt vorbei, wo die Moldauer auf ihren Ochsenwagen sich schon anzusammeln begannen. Die Straße stieg an und mündete in den städtischen Kirchhof. Der Morgen war finster und kalt, es rieselte: die

Bäume des Friedhofs waren durch den Nebel sichtbar: hinter dem feuchten Tor und den Mauern blickten die Spitzen der Grabsteine hervor. Wir umgingen den Friedhof und ließen ihn rechts liegen. Und es schien mir, daß er uns durch den Nebel staunend ansah. »Wozu braucht ihr tausende Werst weit zu gehen, um auf fremden Fluren zu sterben, wenn ihr auch hier sterben könnt, friedlich sterben und hier unter meinen Holzkreuzen und Steinplatten liegen? Bleibt hier!«

Aber wir blieben nicht. Uns zog vorwärts eine unbekannte, geheimnisvolle Macht: es gibt keine stärkere Macht im menschlichen Leben. Jeder einzelne von uns würde gern nach Hause zurückgehen, aber die ganze Masse ging aus Disziplin, nicht dem Bewußtsein der gerechten Sache, nicht dem Gefühl des Hasses für den unbekannten Feind, nicht der Angst vor der Strafe gehorchend, sondern jenem Unbekannten und Unbewußten, das die Menschen lange noch in blutige Schlachten führen wird – die größte Ursache aller erdenklichen menschlichen Leiden und Schmerzen.

Hinter dem Friedhof öffnete sich ein weites, tiefes Tal, das dem Auge im Nebel entschwand. Es regnete stärker; hie und da, weit, weit von hier, zerrissen die Wolken und ließen einen Sonnenstrahl durch; dann leuchteten die schrägen und geraden Regenstreifen wie Silber. Auf den grünen Hängen des Tales krochen die Nebel; durch sie hindurch konnte man die langen gestreckten Kosakenkolonnen unterscheiden, die vor uns gingen. Zuweilen blitzten hie und da die Lanzen auf; oder eine Kanone, die gerade in das Sonnenlicht geriet, leuchtete eine kurze Zeit, wie ein heller Stern, und erlosch. Zuweilen schoben sich die Wolken zusammen: es wurde dunkler; es regnete häufiger. Eine Stunde nach unserm Ausmarsch fühlte ich, daß ein kleiner Strom kalten Wassers mir den Rücken hinablief.

Der erste Übergang war nicht groß. Von Kischinew bis zum Dorfe Gauren sind achtzehn Werst. Dennoch, ungewohnt eine Last von zwanzig bis dreißig Pfund zu tragen, vermochte ich, als wir die uns angewiesene Hütte erreicht hatten, mich erst nicht einmal hinzusetzen: ich lehnte mich mit dem Ranzen an die Wand und blieb so stehen, etwa zehn Minuten lang, in der ganzen Ausrüstung, mit dem Gewehr in der Hand. Einer der Soldaten, der in die Kantine ging, um das Essen zu holen, nahm aus Mitleid auch meinen Kessel mit; aber als er zurückkam, fand er mich tief schlafend. Ich erwachte nun um vier Uhr morgens von den unerträglich schrillen Tönen des Horns, das den Aufbruch verkündete und schritt nach fünf Minuten wieder auf der schmutzigen, lehmigen Straße, unter dem wie durch ein Sieb fein rieselnden Regen. Vor mir bewegte sich ein grauer Rücken mit einem rostbraunen Kalblederranzen, der gegen den eisernen Kessel und das Gewehr auf der Schulter klirrte: seit- und rückwärts von mir gingen ebensolche grauen Gestalten. Die ersten Tage konnte ich sie nicht voneinander unterscheiden. Das zweihundertzweiundzwanzigste Infanterieregiment, in dem ich aufgenommen war, bestand meistenteils aus Bauern aus Wjatka und Kostroma. Lauter breite Gesichter, vor Kälte rotbraun, mit großen Backenknochen: graue kleine Augen, blondes, farbiges Haar und Bart. Obwohl ich einige Familiennamen behalten hatte, wußte ich doch nicht, wem sie angehörten. Zwei Wochen später konnte ich nicht begreifen, wie ich meine beiden Nachbarn miteinander verwechseln konnte: den einen, der neben mir, und den andern, der neben dem Besitzer des grauen, mir stets vor Augen sich bewegenden Rückens ging. Ich nannte sie unterschiedslos Fjodorow und Schilkow, irrte mich beständig, während sie doch einander ganz und gar nicht ähnlich waren.

Fjodorow, der Gefreite, war ein junger Mann von zweiundzwanzig Jahren, von mittlerem Wuchs, schlank, sogar schön gebaut. Er hatte ein regelmäßiges, wie gemeißeltes Gesicht, mit sehr schön geformter Nase, Lippen und Kinn, das mit einem blonden lockigen Bärtchen bedeckt war, und fröhlichen blauen Augen. Wenn der Ruf: »Liedersänger voran!« ertönte, war er der Vorsänger unserer Kompagnie und sang rein mit einem Brusttenor, wobei er bei den hohen Noten das höchste Falsett erreichte.

... Der Zar wird in den Senat gefordert!

Er war aus dem Gouvernement Wladimir gebürtig und war schon als Kind nach Petersburg gekommen. Die Petersburger »Bildung« hatte ihn nicht verdorben, was so selten vorkommt, sondern ihm nur eine Politur verliehen, indem sie ihm das Lesen der Zeitungen und das Aussprechen von allerlei gesuchten Worten beigebracht hatte.

»Selbstverständlich, Wladimir Michailowitsch,« sagte er zu mir, »kann ich mehr Überlegung haben, als Onkel Schitkow, da Pieter[3] seinen Einfluß auf mich gehabt hat. In Pieter herrscht die Zivilisation, bei ihm im Dorf aber einzig nur Unwissenheit und Wildheit. Dennoch, da er ein bejahrter Mensch ist und, wie man wohl sagen darf, einer, der allerhand gesehen und die verschiedensten Widerwärtigkeiten durchgemacht hat, kann ich ihn, zum Beispiel, nicht anbrüllen. Er ist vierzig Jahre alt und ich bin im dreiundzwanzigsten, obgleich ich in der Kompagnie Gefreiter bin.

Onkel Schitkow ist ein stämmiger Bauer von ungewöhnlicher Kraft und stets finsterem Aussehen. Sein Gesicht ist dunkel, mit hervorstehenden Nackenknochen, die Augen klein und finster blickend. Er lächelt nie und spricht selten. Er ist Zimmermann von Beruf und war zur Zeit, als unsre Armee mobilisiert wurde, auf unbestimmte Zeit beurlaubt. Bis zur endgültigen Entlassung hatte er noch einige Monate: der Krieg begann, und Schitkow mußte ins Feld und ließ zu Hause eine Frau und fünf Kinderchen zurück. Trotz seines unscheinbaren Äußeren und der ewigen Finsterkeit war in ihm etwas Anziehendes, Gutes und Starkes. Jetzt ist es mir vollkommen unverständlich, wieso ich die beiden Nachbarn miteinander verwechseln konnte. Aber die ersten beiden Tage schienen sie mir beide einander gleich: grau, beladen, müde und frierend.

Die erste Hälfte des Mai regnete es ununterbrochen und wir bewegten uns vorwärts ohne Zelte. Der unendliche, morastige Weg stieg und senkte sich fast auf jeder Werst. Es war sehr schwer, zu gehen. An den Füßen trug man Ballen von Kot, der graue Himmel hing niedrig und rieselte ununterbrochen auf uns einen Sprühregen herab. Und es war kein Ende dem Regen abzusehen, keine Hoffnung, irgendwo zur Nacht anzukommen, sich zu trocknen und zu erwärmen: die Rumänen ließen uns nicht in ihre Häuser, und sie hätten eine solche Menge auch nicht unterbringen können. Wir zogen durch eine Stadt oder durch ein Dorf und rasteten draußen im freien Felde.

»Halt! Gewehre zusammenstellen!«

---

[3] So wird Petersburg volkstümlich genannt.

Und man mußte, nachdem man eine heiße Suppe gegessen hatte, direkt in der Nässe sich hinlegen. Von unten Wasser, von oben Wasser: es dünkte einen, daß auch der Körper mit Wasser durchtränkt war. Man zitterte, wickelte sich in den Mantel ein, begann sich allmählich durch die feuchte Wärme zu erwärmen und schlief fest ein, bis zum allen verhaßten Aufbruch. Wieder graue Kolonne, grauer Himmel, schmutziger Weg und traurige, nasse Hügel und Täler. Wir hatten es sehr schwer.

»Alle himmlischen Schleusen haben sich geöffnet,« sagte unser Unteroffizier Karpow, ein alter Soldat, der den Feldzug nach China mitgemacht hatte. »Wir werden ohne Ende durchnäßt.«

»Wir werden schon trocknen, Wassil Karpitsch! Die liebe Sonne wird sich zeigen und alle trocknen. Der Feldzug ist lang: wir werden noch Zeit haben, zu trocknen und naß zu werden, bis wir ankommen. Michailitsch,« wendet sich mein Nachbar zu mir, »haben wir es weit bis zur Donau?«

»Drei Wochen werden wir noch brauchen.«

»Drei Wochen? Wir gehen ja schon zwei.«

»Wir gehen dem Teufel in die Krallen,« brummte Onkel Schitkow.

»Was brummst du dort, alter Teufel? Verwirrst das Volk. Welchem Teufel in die Krallen? Warum sprichst du so etwas aus?« »Gehen wir denn etwa zu einem Fest?« gibt Schitkow unfreundlich zurück.

»Nicht zu einem Fest, sondern, weil wir unsern Eid erfüllen müssen! ... Was hast du gesagt, als du geschworen hast? ›Ohne das Leben zu schonen! ...‹ Ach, du alter Dummkopf, sieh dich nur vor.«

»Was hab ich denn gesagt, Wassil Karpitsch? Geh ich denn nicht! Wenn es gilt, zu sterben, meinetwegen ... Es ist alles gleich.«

»So ist's, sag noch was!«

Schitkow schweigt, sein Gesicht wird noch düsterer. Und überhaupt waren alle nicht sonderlich gesprächig: es war zu schwer zu gehen. Die Füße glitten oft aus, und die Menschen fielen in den klebrigen Kot. Derbe Schimpfworte ließen sich im Bataillon vernehmen. Nur Fjodorow ließ den Kopf nicht hängen und erzählte mir unermüdlich Geschichten aus Petersburg und aus seinem Dorf, eine nach der anderen.

Dennoch hat alles ein Ende. Als wir einmal am Morgen im Biwak in der Nähe eines Dorfes erwachten, wo ein Tagesaufenthalt anberaumt war, erblickte ich blauen Himmel, von der Morgensonne hell beleuchtete weiße Lehmhütten und Weinberge und vernahm aufgeheiterte lebhafte Stimmen. Alle waren schon aufgestanden, hatten sich ihre Sachen getrocknet und ruhten vom schweren anderthalbwöchentlichen Marsch, im Regen und ohne Zelte, aus. Im Laufe des Tages wurden auch diese gebracht. Die Soldaten begannen sofort, sie aufzuschlagen und legten sich, nachdem sie alles, wie es sich gehörte, eingerichtet hatten, in den Schatten.

»Gegen den Regen haben sie nicht geholfen, dafür werden sie uns vor der Sonne schützen ...«

»Ja, damit das Gesichtchen des gnädigen Herrn nicht verbrennt.« scherzte Fjodorow, schelmisch nach mir blinzelnd.

II

In unserer Kompagnie befanden sich nur zwei Offiziere: der Kompagniechef, Hauptmann Saikin und ein Subaltern-Offizier, Fähnrich Stebeljkow. Der Kompagniechef war ein Mann von mittleren Jahren, dick und gutmütig: Stebeljkow ein Jüngling, der eben aus der Schule entlassen war. Sie lebten sehr einträchtig miteinander: der Hauptmann nahm sich des Fähnrichs an, tränkte und speiste ihn und deckte ihn in der Regenzeit sogar mit seinem einzigen Gummimantel zu. Als die Zelte verteilt wurden, quartierten sich die beiden Offiziere zusammen ein und da die Offizierszelte sehr geräumig waren, so beschloß der Hauptmann, auch mich da unterzubringen.

Von einer schlaflosen Nacht ermüdet (tags vorher war unsere Kompagnie zum Train kommandiert worden, und wir hatten ihn die ganze Nacht aus den Wassergruben gezogen und sogar mit Hilfe der Dubinuschka aus dem überschwemmten Bach herausgeschleppt) schlief ich am Nachmittag fest ein. Der Bursche des Kompagniechefs weckte mich, indem er mich vorsichtig an der Schulter rüttelte. »Gnädiger Herr Iwanow, gnädiger Herr Iwanow,« flüsterte er, als wäre er bemüht nicht mich aufzuwecken, sondern im Gegenteil meinen Schlaf nicht zu stören.

»Was wünschen Sie?«

»Der Kompagniechef wünscht Sie zu sich,« und da er sah, daß ich mein Portepee und das Bajonett umschnallte, fügte er hinzu: »Sie befahlen: bring ihn, so wie er gerade ist.«

In Saikins Zelt war eine ganze Gesellschaft versammelt. Außer der Wirte waren noch zwei Offiziere zugegen: der Regimentsadjutant und der Chef der Schützenkompagnie Wenzel. Im Jahre 1877 bestand ein Bataillon nicht aus vier Kompagnien wie jetzt, sondern aus fünf: im Feldzug ging die Schützenkompagnie ganz hinten, so daß unsre Kompagnie mit ihren letzten Reihen ihre ersten berührte. Ich kam sehr oft zwischen den Schützen zu gehen und hatte schon einigemal von ihnen die schlimmsten Aussagen über den Stabskapitän Wenzel gehört. Alle vier saßen um eine Kiste, die den Tisch ersetzte und auf der ein Samowar, Geschirr und eine Flasche stand, und tranken Tee.

»Herr Iwanow, willkommen, willkommen,« rief der Hauptmann. »Nikita, eine Tasse, einen Krug oder ein Glas, was du immer da hast. Rück' doch. Wenzel: laß ihn Platz nehmen.«

Wenzel erhob sich und grüßte sehr freundlich. Es war ein trockener, klein gewachsener junger Mann, blaß und nervös. »Was hat er für unruhige Augen und dünne Lippen,« ging es mir damals durch den Sinn. Der Adjutant reichte mir die Hand, ohne sich von seinem Platz zu erheben.

»Lukin,« nannte er kurz seinen Namen.

Ich war verlegen.

Die Offiziere schwiegen; Wenzel schlürfte seinen Tee mit Rum. Der Adjutant schmauchte an einer kurzen Pfeife: Fähnrich Slebeljkow fuhr fort, nachdem er mir zunickte, den zerlesenen Band eines übersetzten Romans, der in seinem Koffer den Feldzug aus Rußland bis über die Donau mitgemacht und nachher in noch zerlesenerem Zustand nach Rußland zurückgekehrt war, zu lesen. Der Hausherr schenkte mir eine große tönerne Kanne voll Tee ein und goß eine riesige Portion Rum hinein.

»Bitte, Herr Student! Nehmen Sie fürlieb: ich bin ein einfacher Mann. Und auch wir alle hier, wissen Sie, sind einfache Leute. Sie aber sind ein gebildeter: deswegen müssen Sie uns entschuldigen. Ist es nicht so?«

Und er ergriff mit seiner großen Hand meine Hand von oben, wie ein Raubvogel seine Beute packt, und schüttelte sie einige Male in der Luft, mich mit seinen vorstehenden und runden kleinen Augen zärtlich ansehend.

»Sie sind Student?« fragte Wenzel.

»Ja, ich war es, Herr Hauptmann.«

Er lächelte und erhob zu mir seinen unruhigen Blick. Ich erinnerte mich an die Erzählungen der Soldaten, aber in diesem Augenblick zweifelte ich an ihrer Wahrheit.

»Wozu dieses ›Herr Hauptmann‹? Hier im Zelt sind Sie unter Ihresgleichen. Hier sind Sie einfach ein intelligenter Mensch unter ebensolchen,.« sagte er leise.

»Ein intelligenter, das stimmt,« rief Saikin, »ein Student. Ich liebe die Studenten, obwohl sie Aufwiegler sind. Beinahe wäre ich selbst Student geworden, wenn das Schicksal es gewollt hätte.«

»Was für ein besonderes Schicksal hattest du, Iwan Platonitsch?« fragte der Adjutant.

»Ich konnte eben das Examen nicht bewältigen. Mit der Mathematik ging es noch so, mit dem anderen aber wollte es gar nicht gehen. Was man auch anstellte. Literatur ...und Rechtschreibung ... Die Rechtschreibung habe ich auch in der Militärschule nicht erlernt. Bei Gott!«

»Wissen Sie, Herr Student,« sagte der Adjutant, zwischen zwei von ihm ausgestoßenen Rauchwolken, »daß Iwan Platonitsch in dem Worte ›noch‹ vier Fehler macht?«

»Lüge nicht, lüge nicht, Tantchen,« Saikin wehrte mit der Hand ab.

»Ich lüge wirklich nicht.«

Und der Adjutant lachte laut.

»Brüll', was du kannst. Und du selbst ... Bist noch Adjutant dazu.«

Der Adjutant lachte nun aus voller Kehle; Fähnrich Stebeljkow. der eben einen Schluck Tee genommen hatte, prustete mit ihm auf seinen Roman, wobei er eine der Kerzen, die das Zelt beleuchteten, auslöschte; ich konnte auch das Lachen nicht unterdrücken. Iwan Platonitsch, der mit seinem Witz am meisten zufrieden war, ließ sein Baßlachen erschallen. Nur Wenzel lachte nicht.

»Also die Literatur, Iwan Platonitsch?« fragte er ebenso leise wie vorhin.

»Die Literatur, die Literatur ... Nun und auch das übrige. Wissen Sie, wie einer gar in der Geographie es bis zum ›Äquator‹ und in der Geschichte bis zur ›Ära‹ gebracht hat. Aber nein, das ist alles Unsinn. Das ist es nicht. Ich habe einfach Geld gehabt und so darauflos gelebt. Ich bin ja, Iwanow ... wie ist, bitte, Ihr Vor- und Vatersname ...«

»Wladimir Michailitsch ...«

»Wladimir Michailitsch? Schon recht ... Ich war ja ein Tollkopf in der Jugend, was habe ich nicht alles angestellt! Nun, Sie wissen ja, wie es im Lied heißt: ›Ich war ein Knabe, amüsierte mich und hatte Kapital; das Kapital verlor ich, und geriet in Unfreiheit.‹ Dann trat ich als Fähnrich in dieses ruhmreiche Linienregiment; später schickte man mich in die Schule, die ich mit Mühe und Not absolvierte und seitdem plage ich mich schon bald das zweite Jahrzehnt. Jetzt eilen wir gegen die Türken. Trinken wir doch den puren, meine Herrschaften. Lohnt es sich, ihn mit dem Tee zu verderben? Trinken wir, meine Herren, wir sind Kanonenfleisch.«

»Chair à canon,« übersetzte Wenzel.

»Meinetwegen. Scher a kanon, auf Französisch. Unser Hauptmann ist ein gebildeter Mann, Wladimir Michailitsch: er kennt die Sprachen und lernt allerlei deutsche Verse auswendig. Hören Sie, junger Mann, ich habe Sie hierher gerufen, um Ihnen anzubieten, zu mir ins Zelt zu ziehen. Zu sechst mit den Soldaten ist Ihnen doch eng und peinlich. Und auch die Insekten. Bei uns ist es doch besser.«

»Ich danke Ihnen, aber erlauben Sie mir, es auszuschlagen.«

»Weshalb denn? Unsinn! Nikita, schlepp' seinen Ranzen her. In welchem Zelt sind Sie?«

»Im zweiten rechts. Aber erlauben Sie mir, doch lieber dort zu bleiben. Ich muß doch mehr mit den Soldaten zusammen sein. So ist es besser, wenn ich zusammen mit ihnen wohne.«

Der Hauptmann sah mich aufmerksam an, als wollte er meine Gedanken lesen. Dann sagte er nach einer kurzen Überlegung:

»Sie wollen wohl in Freundschaft mit ihnen leben?«

»Ja. wenn dies möglich ist.«

»Das ist richtig. Ziehen Sie nicht um. Ich achte Sie.«

Und er faßte mit seiner Riesenhand meine Hand und begann sie in der Luft zu schütteln ...

Einige Zelt darauf verabschiedete ich mich von den Offizieren und trat aus dem Zelt. Es war bereits Abend; die Leute zogen ihre Mäntel an, zum Zapfenstreich sich vorbereitend. Die Kompagnien hatten sich in Linien aufgestellt, so daß jedes Bataillon ein geschlossenes Quadrat bildete, in dessen Innerem sich die Zelte und Gewehre auf Böcken befanden. An jenem Tag war, infolge der Rast, unsre ganze Division versammelt. Die Trommler schlugen den Zapfenstreich. Aus der Ferne ertönten die Kommandoworte.

»Zum Gebet! Mützen ab!«

Und zwölftausend Mann entblößten die Häupter. »Vater unser, der Du im Himmel bist,« begann unsre Kompagnie. Nebenan ertönte auch Gesang. Sechzig Chöre zu zweihundert Menschen: in ihnen sang ein jeder für sich: es gab dabei Dissonanzen, aber das Gebet klang dennoch rührend und feierlich. Allmählich verstummten die Chöre: zum Schluß sang die letzte Kompagnie des am Ende des Lagers stehenden Bataillons: »Führ' uns nicht in Versuchung.« Die Trommeln schlugen kurz.

»Zudecken!«

Die Soldaten legten sich schlafen: in unserem Zelt, wo die anderen sechs Mann sich auf zwei Quadratfaden placieren mußten, bekam ich einen Eckplatz. Ich lag lange und sah zu den Sternen hinauf und auf die Feuer der fernen Lager und horchte auf den undeutlichen und gedämpften Lärm des großen Lagers. Im benachbarten Zelt erzählte jemand ein Märchen und wiederholte unaufhörlich die Worte: »endlich also« ...

»Endlich also kommt jener Prinz zu seiner Gemahlin und macht ihr Vorwürfe. Endlich also tut sie ... Schläfst du, Lutikow? ... Nun, schlaf. Christus steh dir bei. Herrgott, himmlische Königin. ... Unser Erzvater,« flüsterte der Erzähler und ward still. Im Offizierszelt wurde ebenfalls noch gesprochen. Auf der von innen beleuchteten Leinewand bewegten sich die riesengroßen und häßlichen Schatten der im Zelt sitzenden Offiziere. Zuweilen hörte man eine Lachsalve, das war der Adjutant. Auf der Lagerstraße ging der Posten mit dem Gewehr auf und ab: uns gegenüber im Biwak der unweit von uns rastenden Artillerie, stand ebenfalls ein Posten mit blankem Seitengewehr. Von dort hörte man zuweilen das Stampfen und Schnauben der Pferde an der Koppel, man hörte sie friedlich den Hafer kauen, mit demselben gutmütigen Geraschel, das ich nicht im Krieg, sondern irgendwo in einem Gasthof in der Heimat in einer ebenso stillen sternigen Nacht so oft gehört hatte. Die sieben Steine des Großen Bären glänzten niedrig über dem Horizont, viel niedriger als bei uns. Als ich den Polarstern sah, dachte ich, daß in dieser Richtung Petersburg sich befindet, wo ich meine Mutter, meine Freunde und alles was mir teuer war, zurückgelasssen hatte, Über meinem Kopf glänzten die mir bekannten Gestirne: die Milchstraße schimmerte nicht trüb, sondern glänzte – ein klarer, feierlich ruhiger Streifen Licht. Im Süden glühten zwei große Sterne eines in unseren Breiten unsichtbaren Sternbildes, das eine in rotem, der andere in grünem Feuer. Ich dachte: ob ich, wenn wir weitergehen, die Donau, das Balkangebirge überschreiten und nach Konstantinopel kommen, ob ich dann noch neue Sterne sehen werde? Und wie sind sie?

Ich hatte keine Lust zu schlafen. Ich erhob mich und begann im feuchten Gras zwischen unserem Bataillon und der Artillerie herumzustreifen. Eine dunkle Gestalt näherte sich mir, mit dem Säbel klirrend: aus diesem Ton erkannte ich, daß es ein Offizier war und blieb gereckt stehen. Der Offizier trat zu mir und es stellte sich heraus, daß es Wenzel war.

»Sie können wohl nicht schlafen, Wladimir Michailitsch?« fragte er mit welcher und leiser Stimme.

»Nein, ich kann nicht schlafen, Herr Hauptmann.«

»Ich heiße Peter Nikolajewitsch. Auch ich kann nicht schlafen. Ich saß und saß bei eurem Kommandeur und bekam es satt. Sie spielen dort Karten und haben sich alle besoffen. Ach, welche Nacht!«

Er ging neben mir her. Als wir unsere Linie erreichten, machten wir kehrt und gingen so einigemal schweigend hin und zurück. Wenzel begann als erster.

»Sagen Sie mir, gehen Sie aus eigenem Wunsch ins Feld?«

»Ja.«

»Was hat Sie gelockt?«

»Wie soll ich sagen?« antwortete ich, da ich keine Lust hatte, mich auf Einzelheiten einzulassen. »Am meisten natürlich der Wunsch, etwas zu erfahren, etwas zu sehen.«

»Und vermutlich, um das Volk zu studieren, in seinem Repräsentanten, dem Soldaten,« fragte Wenzel. Es war dunkel, und ich konnte seinen Gesichtsausdruck nicht sehen, hörte aber Ironie aus seiner Stimme heraus. »Wie soll man da noch studieren? Kann man noch Gedanken an solch ein Studium haben, wenn man nur daran denkt, möglichst den Rastpunkt zu erreichen und sich schlafen zu legen?«

»Nein, Scherz beiseite. Sagen Sie mir, warum sind Sie nicht zu Ihrem Kommandeur gezogen? Liegt Ihnen wirklich was an der Meinung dieses Bauernpacks?«

»Natürlich liegt mir an ihrer Meinung, wie an der Meinung aller derer, die ich keinen Grund habe, nicht zu achten.«

»Ich habe keinen Grund, Ihnen nicht zu glauben. Übrigens ist es jetzt die neue Richtung. Auch die Literatur macht den Bauer zu einer Perle der Schöpfung.«

»Wer spricht von Perlen der Schöpfung, Peter Nikolajewitsch? Wenn man nur den Menschen anerkennen würde! Auch das würde genügen.«

»Ach, lassen Sie bitte diese kläglichen Worte. Wer erkennt ihn nicht an? Ein Mensch? – Nun, gut, er ist ein Mensch: aber was für einer? – das ist eine andere Frage ...«

»Sprechen wir lieber von was anderem.«

Wir kamen wirklich ins Gespräch. Wenzel las offenbar sehr viel und kannte, wie Saikin gesagt hatte, die Sprachen. Auch die Bemerkung des Kompagniechefs, daß er Verse auswendig lerne, erwies sich als richtig: wir sprachen von den Franzosen und Wenzel ging, nachdem er die Naturalisten ausgeschimpft halte, zu den vierziger und dreißiger Jahren über und deklamierte, sogar mit Gefühl, die Dezembernacht von Alfred de Musset. Er sprach die Verse gut: einfach und ausdrucksvoll, mit guter französischer Aussprache. Als er fertig war, schwieg er ein Weilchen und fügte hinzu:

»Ja, das ist schön; aber alle Franzosen zusammen sind nicht zehn Zeilen von Schiller, Goethe oder Shakespeare wert.«

Da er, bevor er die Kompagnie übernommen, die Regimentsbibliothek unter Aufsicht hatte, war er in der russischen Literatur gut beschlagen. Er verurteilte streng die Bauernrichtung, wie er sich ausdrückte. Mit dieser Bemerkung wandte sich das Gespräch zum früheren Thema. Wenzel stritt heiß.

»Als ich, ein Knabe fast, ins Regiment trat, dachte ich das nicht, was ich jetzt Ihnen sage, ich versuchte durch das Wort zu wirken und bemühte mich, einen moralischen Einfluß auf die Leute zu gewinnen. Aber ein Jahr verging und sie hatten mir alles Blut aus den Adern gesogen. Alles, was ich aus den sogenannten guten Büchern erworben hatte, erwies sich beim Zusammenstoß mit der Wirklichkeit als ein sentimentaler Unsinn. Und jetzt denke ich, daß die einzige Art, sich verständlich zu machen, diese ist!«

Er machte eine Bewegung mit der Hand. Es war so finster, daß ich sie nicht verstand.

»Welche denn, Peter Nikolajewitsch?«

»Die Faust,« sagte er kurz. »Leben Sie wohl. Es ist Zeit, zu schlafen.«

Ich salutierte und ging in mein Zelt. Es war mir weh und widerlich zumut. Im Zelt schienen schon alle zu schlafen. Aber zwei Minuten, nachdem ich mich gelegt, fragte Fjodorow, der neben mir lag, leise:

»Schlafen Sie, Michailitsch?«

»Nein, ich schlafe nicht.«

»Sind Sie da mit Wenzel gegangen?«

»Ja. mit ihm.«

»Nun. wie ist er zu Ihnen? Sanft?«

»Ja, sanft, sogar liebenswürdig.«

»Sieh bloß! Was das gleich bedeutet, wenn es einer von den Seinigen ist, ein gnädiger Herr, nicht so wie unsereins.«

»Wieso? Ist er sehr böse?«

»Oh, oh ... schlimm. Die Backenknochen der zweiten Schützenkompagnie krachen nur so. Eine Bestie!«

Und er schlief sofort ein, so daß ich als Antwort auf meine nächste Frage nur seinen ruhigen und gleichmäßigen Atem vernahm. Ich wickelte mich fester in meinen Mantel: in meinem Kopf verwirrte sich alles und schwand im festen Schlaf.

III

Nach der Regenzeit begann die Hitze. Um diese Zeit herum waren wir von den Feldwegen, wo die Füße in den aufgeweichten Boden versanken, auf die große Fahrstraße hinausgegangen, die von Jasst nach Bukarest führte. Unser erster Übergang auf der Fahrstraße von Tekutscha nach Berladu wird denen, die ihn mitgemacht haben, immer im Gedächtnis bleiben. Es waren fünfunddreißig Grad im Schatten. Man mußte achtundvierzig Werst zurücklegen. Es war still: feiner, von tausenden von Füßen aufgewühlter Kalkstaub stand über der Chaussee: er drang in Nase und Mund, puderte das Haar so, daß man die Farbe nicht mehr unterscheiden konnte: mit dem Schweiß vermischt, bedeckte er alle Gesichter mit Schmutz und verwandelte alle in Neger. Wir gingen damals seltsamerweise nicht in den Hemden, sondern in der Uniform. Die Sonne erwärmte das schwarze Tuch und schmorte unerträglich unsere Köpfe durch die schwarzen Käppis hindurch. Die Füße fühlten durch die Sohlen hindurch den glühenden Kies der Chaussee. Die Menschen vergingen vor Hitze. Zum Unglück waren die Brunnen selten, und in den meisten war so wenig Wasser, daß die Spitze unserer Kolonne (die ganze Division machte diesen Marsch mit) meistens das ganze Wasser verbrauchte und wir nach einem schrecklichen Gedränge um den Brunnen nur eine lehmige Flüssigkeit bekamen, das eher Schlamm war als Wasser. Wenn auch dieser nicht mehr reichte, fielen die Menschen hin. An diesem Tag fielen in unserm Bataillon auf der Straße an die neunzig Mann um. Dreie erlagen dem Sonnenstich.

Ich ertrug diese Tortur leicht, verglichen mit den anderen. Vielleicht weil unser Regiment meistens aus Nordländern bestand, während ich von Kindheit an die Steppenhitze gewöhnt war: vielleicht aber lag es an einem anderen Grund. Ich hatte Gelegenheit zu beobachten, daß die einfachen Soldaten sich physische Leiden im allgemeinen mehr zu Herzen nehmen, als Soldaten der sogenannten privilegierten Klassen. (Ich spreche nur von denen, die auf eigenen Wunsch den Krieg mitmachten.) Für sie, einfache Soldaten, waren die physischen Unglückseligkeiten wirklicher Kummer, der imstande ist, sie traurig zu machen und ihre Seele zu peinigen. Die Menschen aber, die bewußt in den Krieg gingen, litten physisch natürlich nicht weniger als die Soldaten aus dem Volke, sondern mehr infolge ihrer verzärtelten Erziehung, ihrer verhältnismäßigen körperlichen Schwäche usw. – aber innerlich waren sie ruhiger. Ihre innere Welt konnte durch die wundgeriebenen Füße, unerträgliche Hitze und tödliche Müdigkeit nicht gestört werden. Niemals lebte in mir eine so vollkommene seelische Ruhe, ein solcher Frieden mit mir selbst und solch sanfte Beziehung zum Leben wie damals, da ich all dieses Elend durchmachte und in den Kugelregen ging, um Menschen zu töten. Dieses alles könnte wüst und seltsam erscheinen, aber ich schreibe nur die Wahrheit.

Wie dem auch sei, aber während die andern auf der Straße hinfielen, verlor ich nicht die Besinnung. In Tekutscha versah ich mich mit einer großen Kürbisflasche, die vielleicht vier Flaschen enthielt. Unterwegs mußte ich sie öfters mit Wasser füllen: die Hälfte dieses Wassers goß ich in mich hinein, die andere verteilte ich unter meine Nachbarn. Da geht ein Mensch, nimmt sich zusammen, aber die Hitze siegt doch: seine Beine schwanken; der Körper wankt wie der eines Betrunkenen: durch die Schicht von Schmutz und Staub sieht man, daß sein Gesicht dunkelrot wird: die Hand preßt krampfhaft sein Gewehr zusammen. Ein Schluck Wasser belebt ihn für einige Minuten, aber zu guter Letzt fällt er bewußtlos auf die staubige, harte Straße. »Posten!« rufen die heisern Stimmen. Die Pflicht des Postens ist, den Hingefallenen zur Seite zu schleppen und ihm zu helfen. Aber auch er ist fast in dem gleichen Zustand. Die Gräben auf beiden Seiten der Chaussee sind mit diesen liegenden Menschen besät... Fjodorow und Schitlow gehen neben mir und nehmen sich zusammen, obwohl sie sichtlich leiden. Die Hitze hat auf sie gewirkt, ihren Charakteren entsprechend, aber in entgegengesetzter Richtung: Fjodorow schweigt und seufzt nur zuweilen schwer, indem er kläglich mit seinen schönen, jetzt vom Staub entzündeten Augen aufschaut: Onkel Schitkow schimpft und räsoniert.

»Sieh, er fällt um ... Er konnte mit dem Bajonett einen verletzen, der Teufel!« schreit er böse, vor dem Bajonett des hinfallenden Soldaten zurückweichend, das ihm mit der Spitze fast ins Auge geraten war. »Herrgott! Heilige Mutter Gottes! Wofür schickst du uns das alles? Wenn nicht dieser Schinder, würde ich selbst hinfallen.«

»Wer ist der Schinder, Onkel?« frage ich.

»Dieser Njemzew, der Stabskapitän. Heute hat er Dienst. Er geht hinter uns. Es ist schon besser, zu gehen, sonst packt er einen ... läßt keine heile Stelle mehr übrig.« Ich wußte schon, daß die Soldaten die Familie Wenzel in Njemzew verwandelt hatten. So klang es ähnlich und doch russisch.

Ich trat aus der Reihe, seitwärts von der Chaussee war es etwas leichter zu gehen: nicht so staubig und kein solches Gedränge. Viele gingen abseits: an diesem unglückseligen Tage sorgte niemand für die Erhaltung der Ordnung. Allmählich blieb ich hinter meiner Kompagnie zurück und fand mich im Nachzug der Kolonne.

Wenzel, todmüde und atemlos, aber erregt, holte mich ein.

»Was sagen Sie nun?« fragte er mit ganz heiserer Stimme. »Gehen wir auf die Seite. Ich bin vollständig zerquält.«

»Möchten Sie Wasser?«

Er nahm gierig einige große Schlucke aus meiner Kürbisflasche.

»Ich danke Ihnen. Es ist mir nun etwas leichter. Das ist aber ein Tag!«

Einige Zeit lang gingen wir schweigend nebeneinander.

»Beiläufig,« sagte er, »Sie sind doch nicht umgezogen zu Iwan Platonisch.«

»Nein.«

»Es ist dumm, verzeihen Sie mir die Aufrichtigkeit. Auf Wiedersehen. Ich muß noch zur Nachhut der Kolonne. Es fallen heute zu viele von diesen zarten Geschöpfen um.«

Nachdem ich einige Schritte machte, wandte ich den Kopf um und sah, daß Wenzel sich über einen hingefallenen Soldaten bückte und ihn an der Schulter zerrte.

Ich erkannte meinen gebildeten Partner nicht. Er warf ununterbrochen mit groben Schimpfworten um sich. Der Soldat war fast bewußtlos und sah mit einem hoffnungslosen Ausdruck zum rasenden Offizier hinauf. Seine Lippen flüsterten etwas.

»Steh auf. steh sofort auf. Ah. du willst nicht! Da hast du dafür! da! da!«

Wenzel ergriff seinen Säbel und schlug mit der eisernen Scheide einigemal hintereinander auf die vom Ranzen und Gewehr zermarterten Schultern des Unglücklichen. Ich hielt es nicht aus und trat zu ihm.

»Peter Nikolajewitsch!«

»Steh auf!...« Die Hand mit dem Säbel holte nochmal zum Schlage aus. Ich hatte noch gerade Zeit, sie fest anzupacken.

»Um Gottes willen, Peter Nikolajewitsch, lassen Sie ihn!«

Er wandte mir sein rasendes Gesicht zu. Mit hervorquellenden Augen und krampfhaft verzerrtem Mund war er schrecklich. Er riß schroff seine Hand aus der meinen. Ich dachte, daß er, wie ein Gewitter, über mich wegen meiner Frechheit losbrechen würde (einen Offizier bei der Hand zu packen, war in der Tat eine große Keckheit), aber er nahm sich zusammen.

»Hören Sie, Iwanow, tuen Sie es nie wieder! Wäre an meiner Stelle irgendein Bourbon,[4] in der Art wie Stschurow oder Timophejew, da hätten Sie Ihren Scherz teuer bezahlen müssen. Sie müssen daran denken, daß Sie ein Gemeiner sind und daß man Sie für derartige Sachen, ohne viel Worte zu verlieren, erschießen lassen kann.«

»Gleichviel. Ich konnte es nicht sehen, ohne einzugreifen.«

»Dies macht Ihren zarten Gefühlen Ehre, aber Sie bringen sie nicht richtig an. Kann man denn anders mit diesen ... (sein Gesicht drückte Verachtung, sogar mehr, einen eigentümlichen Haß aus). Von diesen vielen, die wie Weiber hinfielen, sind vielleicht nur einige wirklich entkräftet. Ich tue es nicht aus Grausamkeit – die ist in mir nicht vorhanden – man muß aber die Disziplin, das Gefüge aufrechterhalten. Wenn man mit ihnen sprechen könnte, würde ich mit dem Wort zu wirken versuchen, aber das Wort ist ihnen nichts. Sie fühlen nur physischen Schmerz.«

Ich hörte ihn nicht zu Ende aus und lief meiner schon weit vorausgeschrittenen Kompagnie nach. Ich holte Fjodorow und Schitkow ein, als unser Bataillon von der Chaussee auf das Feld hinuntergeführt wurde und den Befehl erhielt, stehenzubleiben.

»Worüber haben Sie mit dem Stabskapitän Wenzel gesprochen. Michailitsch?« fragte Fjodorow, als ich erschöpft neben ihm hinfiel, kaum daß ich das Gewehr hingestellt hatte.

»Gesprochen!« murmelte Schitkow. »Spricht man denn so? Er hat ihn beim Arm gepackt. Ach, gnädiger Herr Iwanow, nehmen Sie sich vor Njemzew in acht, achten Sie nicht darauf, daß er gern mit Ihnen spricht. Sie gehen noch durch ihn zugrunde um nichts und wieder nichts.«

IV

Spät am Abend erreichten wir Fockschan, passierten das unbeleuchtete und staubige Städtchen und kamen wieder ins Freie hinaus. Es herrschte Finsternis. Die Bataillone wurden halbwegs untergebracht und die erschöpften Menschen schliefen sofort wie die

---

[4] Die aus dem Soldatenstand emporgestiegenen Offiziere wurden in Rußland spöttisch »Bourbone« genannt.

Toten ein: fast niemand wollte das zubereitete Mittagessen verzehren. Jede Soldatenmahlzeit heißt Mittagessen, gleichviel ob am frühen Morgen, bei Tag oder bei Nacht abgekocht wird. Die ganze Nacht kamen Nachzügler. Beim Morgengrauen brachen wir wieder auf, uns damit tröstend, daß dem Marsch eine Tagesrast folgen würde.

Wieder die sich bewegenden Reihen, wieder drückt der Ranzen auf die eingeschlafenen Schultern, wieder schmerzen die wundgeriebenen und blutüberfüllten Füße. Aber die ersten zehn Werst ist man wie bewußtlos. Der kurze Schlaf konnte die Müdigkeit des gestrigen Tages nicht vertreiben und die Menschen marschieren noch vollständig schlaftrunken. Es kam vor, daß ich im Gehen so fest schlief, daß, wenn wir rasteten, ich nicht glaubte, daß wir bereits zehn Werst zurückgelegt hatten, und keine einzige Stelle des zurückgelegten Weges in der Erinnerung behielt. Nur, wenn die Kolonnen sich vor der Rast zusammenzuziehen begannen und sich zum Stehenbleiben anschickten, dann erwachte man und dachte mit Freuden an eine ganze Stunde Ruhe, in der man sich seiner Lasten entledigen, Wasser im Kessel aufkochen und in Freiheit, heißen Tee trinkend, ein Weilchen liegen dürfte. Sobald die Gewehre hingestellt und die Ranzen abgelegt werden, fängt der größte Teil der Mannschaft an, Brennmaterial zusammenzusuchen, fast immer trockene vorjährige Maisstengel. In die Erde werden zwei Bajonette gesteckt. Auf ihnen wird der Ladestock quergelegt und an ihm zwei oder drei Kessel aufgehängt. Die trockenen, brüchigen Stengel brennen hell und lustig: sie werden meistens auf der Windseite aufgeworfen; die Flamme leckt an den verräucherten Kesseln und bereits nach zehn Minuten kocht und dampft das Wasser. Der Tee wird direkt in das kochende Wasser getan und man läßt ihn richtig aufkochen: es entsteht ein kräftiges, fast schwarzes Getränk, das man meistens ohne Zucker genoß, weil der Fiskus, der sehr viel Tee verteilte (er wurde sogar geraucht, wenn der Tabak nicht ausreichte), dazu sehr wenig Zucker gab, und man trank es in riesigen Mengen. Ein Kessel, der sieben Glas enthielt, war die gewöhnliche Portion für jeden.

Es wird vielleicht seltsam erscheinen, daß ich mich über diese kleinen Einzelheiten so auslasse, aber das Leben der Soldaten während des Feldzuges ist so schwer, es ist so reich an Entbehrungen und Qualen, vor allem so arm an Hoffnung auf einen guten Ausgang, daß selbst der Tee oder ein ähnlicher kleiner Luxus eine riesengroße Freude gewährte. Man muß gesehen haben, mit welch ernsten und zufriedenen Gesichtern die sonnverbrannten, groben und finsteren Soldaten, jung und alt – freilich war unter uns fast keiner, der älter war als vierzig – wie Kinder unter die Kessel Reisig und Maisstengel warfen, das Feuer richteten und einander empfahlen:

»Du, schieb's zur Seite, Lutikow! So. Jetzt, jetzt... jetzt geht's los. So, bald wird's kochen.«

Tee, von Zeit zu Zeit bei kaltem und regnerischem Wetter ein Gläschen Schnaps und eine Pfeife Tabak, das war der ganze Trost des Soldaten, abgesehen natürlich vom allhellenden Schlaf, während dem man sowohl die körperlichen Leiden als auch die Gedanken an die dunkle, schreckliche Zukunft vergaß. Der Tabak spielte unter diesen Lebensgütern nicht die letzte Rolle, da er die ermüdeten Nerven erregte und wachhielt. Eine festgestopfte Pfeife ging im Kreise unter zehn Männern herum und kehrte zum Hausherrn wieder, der zum letztenmal einen Zug tat, die Asche herauspolkte und die Pfeife mit wichtiger Miene im Stiefelschaft versteckte. Ich weiß noch, wie ich betrübt war, als einer meiner Kameraden meine Pfeife, die ich ihm zum Rauchen gegeben, verlor und wie er selbst verstimmt und beschämt war. Als hätte er ein ganzes ihm anvertrautes Vermögen verloren.

Auf der großen Rast (um die Mittagszeit) ruhten wir anderthalb, zwei Stunden. Nach dem Teetrinken schlief gewöhnlich alles ein. Im Biwak herrschte Stille: nur der Posten vor der Fahne ging auf und ab und auch einer von den Offizieren schlief nicht. Da liegt man auf der Erde, den Ranzen unter dem Kopf, halb im Schlaf, halb im Wachen: die heiße Sonne brennt ins Gesicht und auf den Hals, die lästigen Fliegen stechen einen und lassen nicht einschlafen. Traum vermischt sich mit der Wirklichkeit: vor so kurzer Zeit noch hatte man ein Leben gelebt, das diesem so vollständig unähnlich war, daß es im halbbewußten Schlummer scheint, als müßte man bald, bald zu Hause, in der entsprechenden Umgebung erwachen und diese Stätte müßte verschwinden, diese kahle Erde mit den Stacheln statt Gras, diese mitleidslose Sonne und der trockene

Wind, diese tausende seltsamer, in weiße staubige Hemden gekleideter Menschen, diese Gewehre auf den Böcken. Alles dies glich einem schweren, seltsamen Traum ...

»Aufstehen!« kommandiert gedehnt und streng mit starker Stimme unser kleiner bärtiger Bataillonschef, Major Tschernoglasow. Und die liegende Masse weißer Hemden beginnt sich zu regen: krächzend und sich reckend erheben sich die Menschen, legen sich Patronentaschen und Ranzen um und stellen sich in Reih und Glied auf.

»An die Gewehre!«

Wir nehmen unsere Gewehre an uns. Ich erinnere mich noch jetzt genau an mein Gewehr Nummer achtzehntausendsechshundertfünfunddreißig, mit einem Kolben, der etwas dunkler war, als bei den anderen und einer langen Schramme auf dem dunklen Lack. Noch ein Kommando und das Bataillon streckt sich und wendet sich zum Gehen. Voran führt man das Pferd des Kommandeurs, den braunen Hengst Barbar: er streckt den Hals und spielt und schlägt mit den Hufen: der Major besteigt ihn nur in seltenen Fällen, gewöhnlich schreitet er dem Bataillon voran, hinter seinem Barbaren, im gleichmäßigen Schritt eines echten Infantilsten. Er zeigt den Soldaten, daß auch die Vorgesetzten Mühen auf sich nehmen, und die Soldaten lieben ihn dafür. Er ist stets kaltblütig und ruhig, scherzt niemals und lächelt nicht: am Morgen erhebt er sich früher als alle, am Abend legt er sich als der letzte hin; er benimmt sich der Mannschaft gegenüber fest und zurückhaltend und erlaubt sich weder Schläge noch sinnloses Geschimpfe. Man sagt, wenn nicht der Major wäre, so würde Wenzel sich noch ganz anders benehmen.

Heute ist es heiß, aber nicht so wie gestern. Außerdem gehen wir nicht mehr auf der Chaussee, sondern an der Eisenbahnlinie entlang auf einem schmalen Feldweg, so daß die meisten von uns auf dem Gras gehen. Es ist nicht staubig: hie und da bedecken Wolken den Himmel und ab und zu fällt ein vereinzelter großer Regentropfen herab. Wir sehen zum Himmel hinauf, strecken unsre Hände aus, um zu prüfen, ob es regnet. Selbst die Zurückgebliebenen von gestern sind heute munterer: es ist nicht mehr weit zu gehen, etwa zehn Werst, dann kommt die Rast, die so ersehnte Rast, die voraussichtlich nicht eine kurze Nacht bloß, sondern eine Nacht, einen Tag und noch eine Nacht dauern sollte. Die aufgeheiterte Mannschaft hatte Lust, zu singen: unter den Vorsängern läßt Fjodorow seiner Stimme freien Lauf: es ertönte das berühmte Lied:

Es war bei Poltawa, als ...

Als er das Lied »Wie eine böse Kugel in den Zarenhut gedrungen« zu Ende gesungen hatte, stimmte er das sinnlose und unanständige, aber bei den Soldaten beliebteste Lied an, das davon handelte, wie eine Lisa in den Wald gegangen, dort einen schwarzen Käfer gefunden hatte und was daraus entstanden war. Dann noch das historische Lied von Peter, wie er in den Senat gefordert wurde. Dann noch, zum Abschluß, das Hauslied unseres Regiments:

Wenn der weiße Zar kommt, Alexander-Zar, Kinder, stramm vor dem Zaren steht, zeigt, daß ihr munter seid. Was wir können, zeigten wir, einen Dank empfingen wir.

Unser guter Kommandeur, Tschernoglasow, der Herr, Schlief nicht, machte kein Auge zu, lehrte seine Leute, Hoch zu Pferd er saß, wollte niemand kennen ...

und so weiter an die fünfzig Verse.

»Fjodorow!« fragte ich ihn einmal, »warum singen Sie dieses sinnlose Zeug von der Lisa?« Ich nannte ihm noch einige Lieder, die dermaßen ungereimt und zynisch waren, daß ihr Zynismus schon jeden Sinn verloren hatte und sich nur in Form von ganz unartikulierten Lauten ausdrückte.

»Es kommt schon so, Wladimir Michailitsch. Was macht es aber! Ist denn das Gesang? Es ist eine Art Geschrei, zur Motion der Brust, und wiederum ist es auch lustiger zum Gehen.«

Wenn die Vorsänger müde werden, dann beginnen die Musikanten zu spielen. Unter den Klängen des gemessenen, lauten und meistenteils lustigen Marsches ist es viel leichter zu gehen: alle, selbst die müdesten, nehmen eine bessere Haltung an, schreiten korrekt im Takt und bleiben in den Reihen: das Bataillon ist nicht wiederzuerkennen. Ich weiß noch, wir legten einmal bei Musik in einer Stunde sechs Werst zurück, ohne Müdigkeit zu spüren: als die erschöpften Musikanten aber aufhörten zu spielen, löste sich die von der Musik hervorgerufene Spannung sofort, ich fühlte, daß ich bald, bald umfallen würde, und ich wäre sogar umgefallen, wenn die Rast nicht zur rechten Zeit gekommen wäre.

Unsere Raststätte lag fünf Werst hinter uns, als uns wieder ein Hindernis begegnete. Wir marschierten durch das Tal eines kleinen Baches. Auf der einen Seite Berge, auf der andern der schmale und ziemlich steile Eisenbahndamm. Die vor kurzem niedergegangenen Regengüsse hatten das Tal überschwemmt und auf unserem Weg eine ziemlich große, fünfzig Meter breite Lache gebildet. Der Eisenbahnweg ragte in ihm wie ein Deich und wir mußten auf den Schienen gehen. Der Eisenbahnwärter ließ das erste Bataillon passieren, das nun glücklich auf die andere Seite der Lache ankam; dann aber erklärte er, daß in fünf Minuten ein Zug hier durchfahre und wir ihn abwarten müßten. Wir blieben stehen und hatten kaum unsre Gewehre zusammengestellt, als an der Biegung des Weges der bekannte Wagen des Brigadegenerals erschien.

Unser Brigadegeneral war ein tapferer Mann. Einer Kehle, wie der seinigen, bin ich nie wieder begegnet, weder in der Oper, noch in den Bischofschören. Sein Baß dröhnte in der Luft wie eine Trompete: und seine große, fette Gestalt mit dem roten dicken Kopf, dem angegrauten, langen, in der Luft flatternden Backenbart, den schwarzen, dichten Augenbrauen über den kleinen, wie Kohle glühenden Augen, wenn er, auf dem Pferde sitzend, die Brigade kommandierte, war äußerst respekteinflößend. Einmal, auf dem Chodinschen Feld in Moskau, zeigte er sich während irgendwelcher militärischen Übungen in solchem Maße kriegerisch und tapfer, daß er einen alten Kleinbürger aus der Menge völlig in Entzücken versetzte, so daß dieser ausrief:

»Ein Prachtkerl! Nur solche können wir brauchen!«

Seitdem hieß der General allgemein der »Prachtkerl.«

Er träumte von Heldentaten. Einige Bändchen Kriegsgeschichte begleiteten ihn den ganzen Feldzug. Seine beliebteste Unterhaltung mit den Offizieren war die Kritik der Napoleonischen Feldzüge. Davon wußte ich natürlich nur vom Hörensagen, da ich unsern General sehr selten sah: meistens überholte er uns auf halbem Marsche in seinem Wagen, der von drei guten Pferden gezogen wurde, erreichte die Stelle, an der wir unser Nachtlager aufschlugen, nahm da Wohnung und blieb bis zum späten Morgen, wobei die Soldaten stets auf den Grad seiner Gesichtsröte aufpaßten und auf die mehr oder mindere Heiserkeit, mit der er uns ohrenbetäubend anbrüllte:

»Guten Tag, Leute!«

»Guten Tag, Exzellenz!« antworteten die Soldaten und fügten dabei hinzu: »Der Prachtkerl fährt, um auf seinen Kater einen Trunk zu tun.«

Und der General fuhr weiter, manchmal ganz ohne Folgen, manchmal aber, nachdem er irgendeinem Kompagniechef einen donnernden Verweis erteilt hatte.

Als der General das stehengebliebene Bataillon erblickt hatte, fuhr er rasch auf uns zu und sprang aus dem Wagen, so flink, wie seine Fettleibigkeit ihm nur gestattete. Der Major trat rasch zu ihm.

»Was ist das? Warum seid ihr stehengeblieben? Wer hat's erlaubt.«

»Exzellenz, der Weg ist überschwemmt und auf den Schienen muß jetzt gleich ein Zug passieren.«

»Der Weg ist überschwemmt! Ein Zug? Unsinn! Sie gewöhnen die Soldaten daran, sich zu verzärteln! Sie machen Weiber aus ihnen! Ohne Befehl darf nicht stehengeblieben werden! Ich werde Sie. mein Herr, arretieren lassen ...«

»Exzellenz ...«

»Nicht räsonieren!«

Der General sah drohend umher und wandte seine Aufmerksamkeit einem andern Opfer zu.

»Was ist denn das? Warum ist der Kommandeur der zweiten Schützenkompagnie nicht an seinem Platz? Stabskapitän Wenzel, hierher gefälligst!«

Wenzel trat zu ihm. Über ihn ergoß nun der General den Strom seines Zornes. Ich hörte, wie er versuchte, mit erhobener Stimme etwas zu antworten, aber der General übertönte ihn, und man konnte nur erraten, daß Wenzel etwas Ungebührliches gesagt hatte.

»Wie? Räsonieren? Grobheiten sagen?« donnerte der General. »Schweigen Sie. Nehmt ihm den Säbel ab. Zur Geldkiste, in Arrest!

Den Leuten ein Beispiel... Haben Angst bekommen vor einer Pfütze. Folgt mir. Kinder! Auf Suworowsche Manier.«

Der General ging rasch am Bataillon vorbei zum Wasser mit dem ungeschickten Schritt eines Menschen, der lange in einer Equipage gefahren war.

»Folgt mir. Kinder! Auf Suworowsche Manier.« wiederholte er und stieg mit seinen lackierten Schaftstiefeln ins Wasser. Der Major sah sich mit suchendem Gesichtsausdruck nach hinten um und begann neben dem General zu schreiten. Das Bataillon folgte ihm. Erst reichte das Wasser bis zum Knie, dann bis zum Gürtel, dann noch höher, der hochgewachsene General ging unbehindert, aber der kleine Major zappelte schon mit den Armen. Die Soldaten stießen sich wie eine Herde Schafe während eines Überganges über einen Fluß, blieben im aufgeweichten Grund stecken und warfen sich beim Herausziehen der Beine von Seite zu Seite. Die Kompagniechefs, der Adjutant des Bataillons, die beritten waren und sehr bequem über diese Pfütze hinüberkommen konnten, stiegen, dem Beispiel ihres Generals folgend, ab, und traten, die Pferde an den Zügeln führend, in das schmutzige, von Hunderten von Soldatenfüßen aufgewühlte Wasser. Unsere Kompagnie, die aus den höchstgewachsenen Menschen des Bataillons bestand, ging ziemlich bequem hinüber, aber die kleingewachsene achte Kompagnie, die neben uns ging, bewegte sich kaum vorwärts, bis über die Ohren im Wasser; manche von ihnen schluckten Wasser und hielten sich an uns fest. Ein kleiner Soldat, ein Zigeuner, hing sich, mit erbleichtem Gesicht und weit aufgerissenen schwarzen Augen, dem Onkel Schitkow mit beiden Händen um den Hals und ließ sein Gewehr fallen; zum Glück für den Zigeuner ergriff jemand das Gewehr im Flug und rettete es vor dem Ertrinken. Zehn Faden weiter wurde die Pfütze seichter, und alle beeilten sich, schon jetzt gefahrlos, möglichst schnell herauszukommen, stießen einander und schimpften. Bei uns lachten viele; den Soldaten der achten Kompagnie aber war nicht zum Lachen zumute: die Gesichter vieler waren blau, nicht allein vor Kälte. Von hinten drängten die Schützen nach.

»Nun, ihr kleinen Kerle, steigt aus dem Wasser, seid ihr ertrunken?« riefen sie.

»Sehr einfach, man kann ertrinken,« wurde in der achten Kompagnie geantwortet. »Er hat es gut, zu gehen: sieh bloß, hat nur seinen Bart naß gemacht! Ein Held hat sich da gefunden! So kann man ja ein ganzes Volk ertränken!«

»Du hättest dich zu mir, in meinen Kessel setzen sollen. Ich hätte dich trocken hinübergetragen.«

»Das ist es, Brüderchen, daß ich früher nicht darauf gekommen bin.« parierte das kleine Soldatchen gutmütig diesen Spott.

Der Anstifter dieses ganzen Wirrwarrs, der bereits Zeit hatte, seine Füße aus dem schlammigen Grund herauszuziehen und aus dem Wasser zu steigen, stand majestätisch am Ufer und sah auf die im Wasser zappelnde Menschenmenge. Er war bis zum letzten Faden durchnäßt und sein langer Backenbart war in der Tat ebenfalls naß. Das Wasser rann an seinen Kleidern herunter. Die lackierten Schäfte seiner Stiefel waren vom Wasser ganz aufgeblasen, er aber schrie immer weiter, um die Soldaten anzuspornen:

»Vorwärts, Kinder, auf Suworowsche Manier!«

Die nassen Offiziere drängten sich um ihn mit finstern Gesichtern. Hier stand auch Wenzel mit verzerrtem Gesicht und schon ohne Säbel. Inzwischen bestieg der Kutscher des Generals, nachdem er ein Weilchen am Ufer lang gegangen war und mit der Peitsche im Wasser herumgestochert hatte, den Bock und fuhr wohlbehalten hinüber, ein wenig abseits von der Stelle, wo wir den Übergang gemacht hatten. Das Wasser reichte kaum bis zur Achse des Wagens.

»Da hätte man hinübergehen sollen, Exzellenz.« sagte der Major ruhig. »Befehlen Sie den Leuten, sich abzutrocknen?«

»Natürlich, natürlich, Sergej Nikolajewitsch,« antwortete der General friedlich. Das kalte Wasser hatte seinen Eifer abgekühlt. Er stieg in den Wagen, setzte sich erst und dann erhob er sich wieder und schrie mit der ganzen Macht seiner reckenhaften Stimme:

»Ich danke euch, Starobeljzy! Ihr seid Kerle!«

»Zu Befehl, Eure Exzellenz,« brüllten die Soldaten durcheinander. Und der nasse General eilte davon.

Die Sonne stand noch hoch; wir hatten nur noch vier Werst zu gehen: der Major befahl große Rast, wir zogen uns aus, machten Feuer, trockneten unsre Kleider, Stiefel, Ranzen und Taschen und nach zwei Stunden zogen wir wieder los, jetzt schon lachend uns an das Bad erinnernd.

»Den Wenzel hat der ›Prachtkerl‹ in Arrest geschickt,« sagte Fjodorow unter anderem.

»Macht nichts, soll er nur hinter der Geldkiste zwei Tage gehen,« antwortete jemand aus der Schützenkompagnie.

»Was hast du davon?«

»Ich? Nicht ich, sondern die ganze Kompagnie hat es leichter. Wir werden wenigstens zwei Tage ausruhen. Wir können es nicht mehr aushalten – das haben wir davon.«

»Dulde, Kasak, dann wirst du Hetman .«[5] »Dulden müssen wir, aber Hetmane werden wir vielleicht im Jenseits, wenn der Türk' uns abschießt,« sagte Schitkow, wie gewöhnlich mit finsterer Stimme.

»Sie sollten aber nicht der Verzweiflung verfallen, Onkelchen. Bedenken Sie: da haben wir uns getrocknet und gehen ganz trocken daher, der ›Prachtkerl‹ aber rollt feucht von dannen,« sagte Fjodorow und alle ringsum lachten.

V

Wir gingen am Eisenbahndamm entlang: beständig wurden wir von Zügen, die mit Menschen, Pferden und Vorräten gefüllt waren, überholt. Die Soldaten sahen mit Neid auf die vorüberfahrenden Güterwagen, aus deren offenen Türen die Pferdeschnauzen hervorguckten. Sieh bloß, was für Ehre den Pferden angetan wird, wir aber müssen zu Fuß gehen.

»Das Pferd ist dumm, das wird abmagern,« räsonierte darauf Wassilij Karpitsch, »du aber bist dafür ein Mensch, um dich in Ordnung zu halten, so wie es sich gehört.«

Einmal, als wir Rast hielten, kam ein Kasak, der den Vorgesetzten eine wichtige Nachricht brachte. Wir wurden aufgescheucht und

---

5 Hetman heißt Kosakenhauptmann.

ohne Ranzen und Gewehre, nur in den weißen Hemden, aufgestellt. Niemand von uns wußte, zu welchem Zweck das geschah. Die Offiziere inspizierten die Mannschaften. Wenzel schrie und schimpfte gewohnheitsmäßig, zupfte an den schlechtangezogenen Gürteln und befahl mit Rippenstößen, die Hemden in Ordnung zu bringen. Dann führte man uns an den Eisenbahndamm und nach ziemlich langen Versuchen wurde das Regiment in zwei Reihen längs des Weges aufgestellt. Eine ganze Werst lang dehnte sich die weiße Linie der Hemden.

»Leute,« schrie der Major, »der Kaiser fährt vorbei!«

Und so warteten wir nun auf den Kaiser.

Unsere Division war ziemlich unberühmt und hatte ihr Standquartier weit ab von Petersburg und von Moskau. Von den Soldaten hatte höchstens ein zehnter Teil den Zaren gesehen und so wartete man auf den Zarenzug mit Ungeduld. Es verging eine halbe Stunde: der Zug kam noch nicht; man erlaubte den Leuten, sich hinzusetzen. Es begannen nun Erzählungen und Gespräche.

»Wird er nun stehenbleiben?« fragte jemand.

»Möchtest wohl! Um jedes Regiments willen stehenbleiben!«

»Er wird uns aus dem Fenster ansehen und das wird auch genügen.«

»Wir werden gar nicht erkennen, welcher es ist: es fahren ja viele Generäle mit ihm.«

»Ich werd' ihn schon erkennen. Ich habe ihn vorletztes Jahr auf der Chodynka ganz nah gesehen.« Und der Soldat streckte die Hand aus, um zu zeigen, wie nah er den Kaiser gesehen hatte.

Endlich, nach zweistündiger Erwartung zeigte sich in der Ferne ein kleiner Rauch. Das Regiment erhob sich und stellte sich auf. Erst kam ein Zug vorbei mit Dienerschaft und Küche. Die Köche und ihre Gehilfen in weißen Mützen sahen aus den Fenstern auf uns und lachten. Etwa zweihundert Faden entfernt folgte der kaiserliche Zug: der Maschinist, der das aufgestellte Regiment erblickte, verlangsamte den Gang des Zuges und die Wagen rollten langsam schnaubend an den Augen vorüber, die gespannt auf die Fenster blickten. Aber sie waren alle verhängt: ein Kasak und ein Offizier, die auf der Plattform des letzten Wagens standen, waren die einzigen Menschen im Zug, die wir gesehen. Wir sahen dem immer rascher und rascher sich entfernenden Zuge nach, standen noch etwa drei Minuten und gingen in unser Biwak. Die Soldaten waren enttäuscht und gaben ihrer Kränkung laut Ausdruck.

»Wann werden wir ihn nun jetzt sehen!«

Aber wir sahen ihn bald. Vor Ploeschti wurde uns gesagt, daß uns der Kaiser in dieser Stadt besichtigen würde.

Wir defilierten an ihm vorüber, so wie wir vom Marsch kamen, in schmutzigen Hemden und Hosen, in den braun gewordenen, staubigen Stiefeln, mit häßlich vollgestopften Ranzen, Zwiebacktaschen und auf Strippen befestigten Fläschchen. Die Soldaten hatten nichts Elegantes und Heldenhaftes an sich; jeder glich mehr einem einfachen Bauern, nur das Gewehr und die Patronentaschen zeigten, daß dieser Bauer sich für den Krieg gerüstet hat. Wir wurden in einer schmalen Kolonne aufgestellt, je vier Mann in der Reihe: anders konnte man durch die schmalen Straßen der Stadt nicht gehen. Ich ging an der Seite, bemüht vor allem, nicht aus dem Takt zu kommen und gleichen Schritt zu halten und dachte daran, daß, wenn der Kaiser mit seinem Gefolge auf meiner Seite stehen wird, ich vor seinen Augen hart an ihm werde vorbeigehen müssen. Erst als ich auf den neben mir schreitenden Schitkow sah, und in sein Gesicht, das wie immer streng und finster, jetzt aber erregt war, fühlte ich, daß sich auch mir ein Teil der allgemeinen Erregung mitteilte, und daß mein Herz stärker zu pochen begann. Plötzlich schien es mir, daß für uns alles davon abhing, wie der Kaiser uns ansehen würde. Als ich später zum erstenmal im Kugelregen gehen mußte, empfand ich ein Gefühl, das diesem sehr verwandt war.

Die Leute gingen immer rascher und rascher. Der Schritt wurde größer, der Gang freier und fester. Ich brauchte nicht mehr auf den allgemeinen Takt aufzupassen: die Müdigkeit war fort. Als wären einem Flügel gewachsen, die vorwärts trugen, dorthin, wo die Musik schon donnerte und das betäubende Hurra erschallte. Ich kann mich nicht mehr an die Straßen erinnern, durch die wir gingen, ich weiß nicht, ob Menschen auf den Straßen waren und ob sie uns gesehen; ich erinnere mich nur an die Erregung, die die Seele ergriffen hatte, zusammen mit dem Bewußtsein der schrecklichen Macht der Menge, zu der ich gehörte und die mich mitriß. Es war zu fühlen, daß es für diese Menge nichts Unmögliches gab, daß der Strom, mit dem ich zusammen vorwärtsstrebte und dessen Teil ich war, keine Hindernisse kenne, daß er alles zerbrechen, zertrümmern und vernichten wird. Und jeder dachte, daß er, an dem dieser Strom vorüberflutete, mit einem Wort, mit einer Bewegung der Hand seine Richtung ändern, ihn zurückschicken oder ihn gegen schreckliche Hindernisse anrennen lassen könnte, und jeder wollte in dem Wort dieses Einen und in der Bewegung seiner Hand jenes Unbekannte finden, das uns in den Tod führte. »Du führst uns,« dachte jeder, »dir geben wir unser Leben hin; sieh uns an und sei ruhig: wir sind bereit zu sterben.«

Und er wußte, daß wir bereit waren. Er sah die in ihrem Drang schrecklichen, festgefügten Reihen der Menschen, die fast laufend an ihm vorüberzogen, die Menschen seines armen Landes, die armgekleideten, groben Soldaten. Er fühlte, daß sie alle in den Tod gingen, ruhig und frei von Verantwortung. Er saß auf einem grauen Schimmel, der unbeweglich dastand und die Ohren spitzte nach der Musik und den rasenden Schreien der Begeisterung. Er war von einem prächtigen Gefolge umringt; aber ich kann mich an keinen Reiter dieses glänzenden Detachements erinnern, außer an den einen Mann auf dem Schimmel in der einfachen Uniform und weißen Mütze. Ich erinnere mich an sein blasses, zerquältes Gesicht! zerquält vom Bewußtsein der Schwere des Entschlusses. Ich erinnere mich, wie die Tränen über sein Gesicht rannen und auf das dunkle Tuch der Uniform in hellen glänzenden Tropfen fielen. Ich erinnere mich an die krampfige Bewegung seiner Hand, die die Zügel hielt und an die bebenden Lippen, die etwas sprachen, gewiß einen Gruß an die tausend jungen, zugrundegehenden Leben, um die er weinte. Alles dies kam und verschwand, wie für einen Augenblick vom Blitz beleuchtet, als ich nicht vom Laufen, sondern von der unmenschlichen rasenden Begeisterung fast erstickend, an ihm vorüberlief, in der einen Hand die Flinte hoch über den Kopf erhoben, mit der anderen hoch schwenkend und das betäubende, aber im allgemeinen Schreien auch mir unvernehmliche Hurra ausrufend.

Alles das flog vorüber und verschwand. Staubige Straßen, von sengender Hitze überflutet; vor Erregung und von der im Laufschritt zurückgelegten ganzen Werst todmüde Soldaten, die vor Durst fast vergingen; das Schreien der Offiziere, die es verlangten, daß wir alle in Reih und Glied und im Takt gingen – das war alles, was ich fünf Minuten später sah und hörte. Und als wir, nachdem wir noch zwei Werst durch die schwüle Stadt marschiert waren, auf eine Weide kamen, die uns zum Biwak bestimmt war, warf ich mich auf die Erde, vollständig zerschlagen an Leib und Seele.

VI

Beschwerliche Märsche. Staub. Hitze, Müdigkeit, blutige wunde Füße, kurze Rast am Tage, Totenschlaf in den Nächten und das verhaßte Horn, das uns beim Morgengrauen weckte. Und immer Felder und Felder, die denen in der Heimat nicht glichen, mit dem hochgewachsenen grünen, laut mit seinen langen seidigen Blättern raschelnden Mais und dem fetten Weizen, der hie und da schon gelb zu werden begann.

Immer dieselben Gesichter, dasselbe Leben des Regiments, dieselben Gespräche und Erzählungen von zu Hause, vom Aufenthalt in der Gouvernementsstadt, Klatsch über die Offiziere.

Von der Zukunft sprach man selten und ungern. Weshalb man in den Krieg ging, wußte man unklar, trotzdem man ein geschlagenes halbes Jahr unweit von Kischinew gestanden hatte, zum Krieg gerüstet: während dieser Zeit hätte man den Leuten den Sinn des sich vorbereitenden Krieges erklären können, aber man hielt es offenbar nicht für nötig.

Ich weiß noch, einmal fragte mich ein Soldat:

»Was meinen Sie, Wladimir Michailitsch, werden wir bald in das bucharische Land kommen?«

Ich dachte erst, daß ich mich verhört hatte, aber als er die Frage wiederholte, antwortete ich, daß das bucharische Land sich weit hinter zwei Meeren befindet, daß es viertausend Werst von hier entfernt ist und daß wir kaum jemals hinkommen würden.

»Nein. Michailitsch, jetzt sprechen Sie nicht richtig. Mir hat's der Schreiber gesagt: ›wir werden‹ sprach er, ›die Donau überschreiten, und da beginnt gleich das bucharische Land.‹«

»Aber nicht das bucharische, sondern das bulgarische.«

»Meinetwegen, bulgarisch oder bucharisch, wie Sie sagen. Ist das nicht ein und dasselbe?«

Und er schwieg, offenbar unzufrieden.

Wir wußten nur, daß wir hingehen, um den Türken zu schlagen, weil er viel Blut vergossen hat. Und wir hatten Lust, den Türken zu schlagen, aber nicht wegen des unbekannt wessen vergossenen Blutes, sondern weil er eine solche Menge Volk in Unruhe versetzt hatte, daß man seinetwegen den schweren Marsch machen mußte (wieviel tausend Werst wir uns bis zu ihm schleppen müssen, zu dem Abscheulichen!), daß auch die auf unbestimmte Zeit beurlaubten Soldaten ihre Häuser und Familien verlassen und zusammen mit uns unter die Kugeln und Granaten gehen mußten. Der Türke war in ihrer Vorstellung ein Aufwiegler, ein Anstifter, den man zur Ruhe bringen und unterjochen müßte.

Viel mehr als mit dem Krieg befaßten wir uns mit unseren Familien-, Bataillons- und Kompagnie-Angelegenheiten. In unserer Kompagnie war alles still und ruhig, bei den Schützen aber stand es immer schlimmer und schlimmer. Wenzel kam nicht mehr zur Ruhe; der unterdrückte Zorn gegen ihn wuchs immer mehr an und verwandelte sich nach einem Vorfall, an den ich mich selbst jetzt, nach fünf Jahren. nicht ohne schwere Erregung erinnern kann, in richtigen Haß.

Wir passierten eben erst eine Stadt und gingen auf eine Wiese hinaus, wo bereits vor uns das erste Regiment Platz genommen hatte. Die Lage war gut; von der einen Seite ein Fluß, von der anderen ein alter reiner, sauberer Eichenhain, wahrscheinlich das Ziel der Spaziergänge für die Bewohner des Städtchens. Es war ein angenehmer, warmer Abend: die Sonne war im Untergehen. Das Regiment machte halt: die Gewehre wurden zusammengestellt. Schitkow und ich waren im Begriff, unser Zelt aufzuschlagen: wir stellten die Klötzchen hin: ich hielt das eine Ende der Leinwand fest und Schitkow schlug mit einem Stock die Pflöckchen ein.

»Halt fest, Michailitsch, fester!« (Seit einigen Tagen sagte er du zu mir.) »So, so.«

Da ertönten von hinten seltsame, gleichmäßige, plätschernde Töne. Ich wandte mich um.

Die Schützen standen in Reih und Glied aufgestellt. Wenzel schlug einen Soldaten ins Gesicht, heiser schreiend. Mit totem Gesicht stand der Soldat, das Gewehr vor den Füßen haltend, ohne es zu wagen, den Schlägen auszuweichen, und zitterte am ganzen Leibe. Wenzels ganze schmale und nicht große Gestalt wand sich bei den eigenen Schlägen, die er mit beiden Händen austeilte, bald nach rechts und bald nach links. Ringsum schwiegen alle: man hörte nur das Plätschern und das heisere Murmeln des rasenden Kommandeurs. Mir wurde es dunkel vor den Augen, ich machte eine Bewegung. Schitkow verstand sie und zog aus aller Kraft an der Leinewand.

»Halt, du, du händeloser Teufel!« schrie er und schimpfte mich mit den schlimmsten Worten aus. »Sind dir denn die Hände verdorrt? Wohin gaffst du? Was gibt's da zu sehen?«

Die Schläge fielen einer nach dem andern. Auf der Oberlippe und dem Kinn des Soldaten rann Blut. Endlich fiel er hin. Wenzel wandte sich ab, streifte die ganze Kompagnie mit einem Blick und schrie:

»Wenn jemand es wagen wird, in der Front zu rauchen, dann werde ich die Kanaille noch schlimmer durchprügeln. Hebt ihn auf, wascht ihm die Fratze ab und legt ihn ins Zelt, daß er zu sich kommt! Gewehre zusammenstellen!« kommandierte er der Kompagnie.

Seine Hände zitterten, waren rot, geschwollen und blutig. Er nahm ein Taschentuch heraus, wischte sich die Hände und entfernte sich von den die Gewehre zusammenstellenden, in schwerem Schweigen verharrenden Soldaten. Einige von ihnen machten sich um den Schwerverprügelten zu schaffen, sprachen dumpf miteinander, und versuchten, ihn aufzurichten. Wenzel ging seinen nervösen und zerquälten Gang: er war blaß, seine Augen glänzten: aus dem Spiel seiner Muskeln war zu sehen, daß er die Zähne zusammenbiß. Er ging an uns vorbei, und als er meinem hartnäckigen Blick begegnete, lächelte er unnatürlich spöttisch, nur mit den schmalen Lippen, und ging weiter, nachdem er etwas geflüstert hatte.

»Blutsauger,« sagte Schitkow mit Haß in der Stimme, »und auch du, gnädiger Herr, bist mir recht. Was drängst du dich vor? Möchtest erschossen werden? Warte, man wird schon mit ihm fertig werden.«

»Wollt ihr euch über ihn beschweren?« fragte ich, »und bei wem?«

»Nein, nicht beschweren, wir werden doch wohl einmal in der Schlacht sein.«

Und er murmelte etwas vor sich hin. Ich fürchtete, ihn zu verstehen. Fjodorow, der schon Zeit gefunden hatte, sich unter den Schützen ein bißchen herumzutreiben und sie auszufragen, was geschehen war, kam zu uns zurück.

»Er martert die Leute für nichts und wieder nichts,« sagte er. »Wie sie auf dem Marsch waren, hat dieser Matjuschkin eine Zigarre geraucht. Und als sie stehenblieben, nahm er das Gewehr vor die Füße und hielt die Zigarre zwischen den Fingern. Hat's gewiß vergessen, zu seinem Unglück, und Wenzel hat's gesehen.«

»Eine Bestie,« fügte er traurig hinzu, sich unter das Zelt legend. »Die Zigarre war ja schon erloschen: man sah ja, daß er sie nur vergessen hat. der Ärmste!«

Nach einigen Tagen kamen wir nach Alexandria, wo schon viel Militär versammelt war. Bereits als wir den hohen Berg hinunterstiegen, sahen wir einen sehr weiten Raum, der voll weißer Zelte schimmerte, die schwarzen Gestalten der Menschen, die langen Koppeln und hie und da die glänzenden Reihen der messingnen Kanonen, grünen Lafetten und Kisten. In der Straße der Stadt ergingen sich ganze Scharen von Offizieren und Soldaten.

Aus den offenen Fenstern der engen und schmutzigen Gasthäuser tönte die traurige und verwegene ungarische Musik, Geklirre von Geschirr und laute Unterhaltung: die Läden waren dicht gefüllt mit russischen Käufern. Soldaten, Rumänen, Deutsche und Juden, welche einander nicht verstanden, schrien laut: Streit wegen des Kurses des russischen Papierrubels war auf jedem Schritt zu hören.

»Was gibst du mir ›Dougalagan‹, du Teufel mit der schwarzen Fratze? Zehn Kopeken her! He, du, domnul.«

»*Unde eschte poschta,*« fragte übertrieben höflich ein Offizier, die Hand an den Schirm seines Käppi legend, mit einem militärischen »Übersetzer« bewaffnet, einem Buch, mit dem damals das Heer versehen war. Der Rumäne erklärt ihm; der Offizier blättert im Buch, sucht nach den unverständlichen Worten, versteht nicht, dankt aber sehr höflich.

»Pfui, Bruder, was ist das für'n Volk? Die Popen sind wie bei uns, die Kirchen ebenfalls, aber einen Begriff haben sie gar nicht. Willst du einen silbernen Rubel?« schreit ein Soldat aus voller Kraft, mit einem Hemd in der Hand, zu einem Rumänen, der einen offenen Laden hat. »Für das Hemd *quatru Francu*, vier Franken.«

Er nimmt die Münze heraus, zeigt sie und die Sache endet zu gegenseitiger Zufriedenheit.

»Macht Platz, macht Platz, Landsleute! Ein General kommt.«

Ein hochgewachsener junger General, in einem eleganten Rock, hohen Stiefeln und einer Nagaika am Riemen quer über die Schulter, geht rasch durch die Straße. Ihm folgt in einigen Schritten seine Ordonnanz, ein kleiner Asiate in einem farbigen Gewand und einem Turban, mit einem riesengroßen Säbel und einem Revolver im Gürtel. Der General geht in den Gasthof hinein, mit hocherhobenem Kopf und gleichgültig fröhlich auf die ihm Platz machenden und salutierenden Soldaten heruntersehend. Hier im Winkel hatten auch Iwan Platonitsch, Stebeljkow und ich Platz genommen und vertilgten ein örtliches Gericht, das aus rotem Pfeffer und Fleisch bestand. Das schäbige Zimmer mit vielen Tischen war voll von Menschen. Das Klirren des Geschirrs, das Knallen der Pfropfen, die nüchternen und betrunkenen Stimmen, – alles wurde von dem Orchester übertönt, das in einer Art mit rotem Baumwollstoff geschmückter Nische untergebracht war. Es waren fünf Musikanten: zwei Geigen sägten wie rasend, das Violoncello sekundierte mit eintönigen dicken Noten, der Kontrabaß brüllte, alle diese Instrumente aber gaben nur den Hintergrund für den Fünften ab. Ein dunkler, lockiger Ungar, fast ein Knabe, saß vor den übrigen: unter den weiten Kragen seiner Samtjacke war ein seltsames Instrument geschoben, eine antike Flöte, genau eine solche, mit der Pan und die Faune dargestellt werden. Sie besteht aus einer Reihe ungleicher hölzerner Röhrchen, die so zusammengestellt sind, daß ihre offnen Enden sich an den Lippen des Künstlers befinden. Der Ungar blies in die Röhrchen, den Kopf bald nach der einen, bald nach der andern Seite wendend, und lockte starke melodische Töne hervor, die weder den Tönen der Flöte noch denen des Klarinetts glichen. Er machte die kompliziertesten und schwierigsten Passagen, indem er den Kopf schüttelte und ihn drehte. Das schwarze fette Haar flatterte auf seinem Kopf und fiel ihm in die Stirn: sein Gesicht war schweißbedeckt und rot, auf dem Hals waren die Adern dick geschwollen. Es war zu sehen, daß es ihm nicht leicht wurde ... Auf dem unharmonischen Hintergrund der Saiteninstrumente hoben sich die Töne der Flöte hart und deutlich ab und waren von einer wilden Schönheit.

Der General nahm am Tisch der ihm bekannten Offiziere Platz, grüßte alle, die bei seinem Eintreten aufgestanden waren und sagte laut: »Setzen Sie sich, meine Herrschaften!« was sich auf die Gemeinen bezog. Wir aßen schweigend unser Mittag zu Ende. Iwan Platonitsch ließ uns roten rumänischen Wein reichen, und als nach der zweiten Platte sein Gesicht heiterer wurde und Wangen und Nase eine leuchtende Farbe annahmen, wandte er sich zu mir: »Sagen Sie mir, Jüngling ... wissen Sie noch, es war während des großen Marsches damals?«

»Ich weiß es, Iwan Platonitsch.«

»Hatten Sie damals mit Wenzel gesprochen?«

»Ja.«

»Haben Sie ihn bei der Hand ergriffen?« fragte der Hauptmann mit einer unnatürlich ernsten Stimme, und als ich ihm antwortete, daß ich in der Tat ihn bei der Hand gepackt hatte, stieß er einen langen und lauten Seufzer aus und begann unruhig mit den Augen zu zwinkern.

»Das war schlecht getan ... Das war dumm getan. Sehen Sie, ich will Ihnen keinen Verweis erteilen. Sie haben schön gehandelt ... das heißt, gegen die Disziplin ... Weiß der Teufel, was ich da schwatze! verzeihen Sie mir ...«

Er schwieg, sah zu Boden und schnaubte. Ich schwieg auch. Iwan Platonitsch trank mit einem Schluck ein halbes Glas aus und klopfte mich auf das Knie.

»Geben Sie mir das Versprechen, daß Sie niemals so einen Ausfall wiederholen. Ich verstehe selbst ... Es ist schwer für einen frischen Menschen. Was können Sie mit ihm machen? Er ist so ein toller Hund, dieser Wenzel. Nun sehen Sie ...«

Iwan Platonitsch fand offenbar keine Worte und, nachdem er eine lange Pause gemacht, griff er wieder zum Glas.

»Das heißt, sehen Sie ... er ist eigentlich ein guter Kerl, aber das ist wohl eine Art Verrücktheit bei ihm, weiß der Teufel! Sie haben ja selbst gesehen. Ich habe selbst vor kurzem einem Soldaten einen Rippenstoß gegeben. Aber ganz leicht. Nur, wenn der Dummkopf seine eigene Niedertracht nicht begreift, wissen Sie. so ein Klotz ... aber ich tu es doch wie ein Vater. Wladimir Michailitsch. Bei Gott, ohne Wut, obwohl es einem manchmal schon heiß wird. Er aber hat es zu einem System gemacht. He, du,« rief er den rumänischen Kellner an. »*Osente vin negru,* noch Wein ... und er wird noch einmal vors Gericht kommen, oder es kommt noch schlimmer: die Leute werden sich empören und bei der ersten Aktion ... es wird schade sein um ihn. Denn er ist doch ein guter Mensch, wissen Sie. Und sogar ein warmer Mensch.«

»Nun,« sagte Stebeljkow gedehnt, »was für ein warmer Mensch würde so prügeln?«

»Sie hätten sehen sollen, Iwan Plalonitsch, was Ihr warmer Mensch vor kurzem getan hat.«

Und ich erzählte dem Hauptmann, wie Wenzel einen Soldaten wegen einer Zigarre verprügelt hatte.

»Nun sehen Sie, sehen Sie... es ist immer so!« Iwan Platonitsch errötete und schnaubte. Er hielt inne und fing wieder an zu sprechen. »Aber er ist dennoch keine Bestie. Bei wem werden die Leute am besten gefüttert? Bei Wenzel. Bei wem sind die Leute am besten angelernt? Bei Wenzel. Bei wem gibt's fast nie Bestrafte? Wer wird einen niemals dem Gericht übergeben? Immer er. Die Soldaten würden ihn auf den Händen tragen, wenn nicht diese unglückliche Schwäche wäre, wirklich.«

»Haben Sie mal mit ihm darüber gesprochen. Iwan Platonitsch?«

»Gesprochen und gezankt, zehnmal. Was ist mit ihm zu machen? ›Entweder das ist ein Heer oder eine Miliz,‹ sagt er. Er denkt allerlei dumme Phrasen aus. ›Der Krieg‹, sagt er, ›ist eine solche Grausamkeit. daß, wenn ich mit den Soldaten grausam bin, es nur ein Tropfen im Meer ist ... Sie stehen auf einer so niedrigen Stufe der Entwicklung,‹ sagt er ... mit einem Wort, der Teufel weiß, was das ist! Und dabei ist er ein prachtvoller Mensch. Er trinkt nicht, spielt nicht Karten, macht seine Sache gewissenhaft, hilft seinem alten Vater und seiner Schwester und ist ein prachtvoller Kamerad und ein gebildeter Mensch! Einen zweiten solchen haben wir im Regiment nicht. Und denken Sie an mein Wort: entweder kommt er vors Gericht, oder diese da werden ihn selbst richten (er nickte nach dem Fenster). Es ist schlimm. So ist es, mein lieber Gemeiner.«

Iwan Platonitsch klopfte mich zärtlich auf das Achselband. Dann zog er aus der Tasche einen Tabaksbeutel heraus und drehte sich eine Zigarette. Nachdem er sie in ein riesengroßes Mundstück mit Bernstein und mit schwarzer Aufschrift auf Silber »Kaw-Kas«, und das Mundstück in den Mund steckte, reichte er schweigend den Tabaksbeutel mir. Der Hauptmann begann wieder:

»Manchmal kommt es in der Tat vor, man kann das Dreschen nicht umgehen. Sie sind doch in ihrer Art wie die Kinder. Kennen Sie Balunow?«

Stebeljkow begann plötzlich zu lachen.

»Nun, was haben Sie, Stebeljok«[6] brummte Iwan Platonitsch. »Es ist ein alter Soldat, ein bestrafter. Er dient schon zwanzig Jahre und kommt wegen allerlei Vergehen nicht frei. Nun also, er war es, der Schelm ... Sie waren damals noch nicht mit: es war vor Kischinew, und wir verließen gerade ein Dorf. Die Obrigkeit befahl, das zweite Paar Stiefel bei der Mannschaft nachzusehen. Ich stellte sie alle auf, ging von hinten und sah nach, ob die Schafte aus dem Ranzen hervorguckten. Bei Balunow nicht. ›Wo sind die Stiefel?‹ ›Ich hab sie zur Aufbewahrung in den Ranzen getan. Euer Wohlgeboren.‹ ›Du lügst.‹ ›Keineswegs, Euer Wohlgeboren. Damit sie nicht naß werden, liegen sie im Ranzen.‹ Er antwortete so forsch, diese Bestie. ›Nimm deinen Ranzen herunter, pack' ihn auf!‹ Ich sehe, er macht

---

[6] Stengelchen

den Ranzen nicht auf, sondern zieht nur den Schaft unter dem Deckel hervor. ›Mach auf.‹ ›Ich werde sie auch so herausnehmen. Euer Wohlgeboren.‹ Aber ich zwang ihn, aufzumachen, und, was glauben Sie, er zieht aus dem Ranzen ein lebendiges Ferkel an den Ohren heraus. Die Schnauze mit einem Bindfaden zugebunden, damit es nicht quietsche. Mit der rechten Hand salutierte er, machte ein respektvolles Gesicht, und in der linken hielt er das Ferkel. Er hatte es bei einer Moldauerin gestohlen. Natürlich habe ich ihm da einen leichten Rippenstoß versetzt.«

Stebeljkow kugelte sich vor Lachen und konnte kaum aussprechen:

»Aber womit? Er hat ihm mit dem Ferkel den Rippenstoß versetzt. Ach, ach, ach! Er hat ihm das Ferkel entrissen und ...«

»Läßt sich denn nicht auch ohne das auskommen, Iwan Platonitsch?«

»Ach, Sie! Es ist wirklich ärgerlich. Ihnen zuzuhören. Ich kann ihn doch nicht dem Gericht übergeben!«

VII

In der Nacht vom 14. auf den 15. Juni weckte mich Fjodorow.

»Hören Sie, Michailitsch?«

»Was denn?«

»Das Schießen. Wir gehen über die Donau.«

Ich horchte auf. Ein starker Wind wehte und jagte die niedrigen schwarzen Wolken, die den Mond verdeckten: er kam stoßweise gegen die Leinewand und ließ sie laut aufklatschen; er dröhnte in den Tauen und pfiff fein in den Gewehrböcken. Durch diese Laute hindurch ließen sich zuweilen dumpfe Schläge vernehmen!

»Wieviel Volk jetzt fällt,« flüsterte Fjodorow seufzend. »Wird man uns hinschicken oder nicht, was meinen Sie? Es kracht wie ein Donner.«

»Vielleicht ist es in der Tat ein Gewitter.«

»Nein, was für ein Gewitter? Es kommt zu regelmäßig. Hören Sie? Einer nach dem andern, einer nach dem andern.«

Die Schläge ertönten tatsächlich regelmäßig, in bestimmten Abständen. Ich kroch aus dem Zelt heraus und sah in der Richtung der Schüsse. Man sah kein Aufblitzen von Feuer. Nur zuweilen glaubten die gespannten Augen Licht da zu bemerken, von wo der Kanonendonner kam, aber das war nur Täuschung.

»Da ist es nun endlich,« dachte ich.

Und ich versuchte mir vorzustellen, was dort in der Dunkelheit geschah. Ich sah einen breiten schwarzen Fluß mit abschüssigen Ufern, der der wirklichen Donau, wie ich sie nachher sah, gar nicht glich. Hunderte von Booten bewegen sich auf ihm. Diese gleichmäßigen, hintereinanderkommenden Schüsse galten ihnen. Werden viele von ihnen heil bleiben? Kalte Schauer überliefen meinen Körper. »Möchtest du dabei sein?« fragte ich unwillkürlich mich selbst.

Ich sah auf das schlafende Lager; alles war ruhig, zwischen dem fernen Donner der Kanonen und dem Rauschen des Windes tönte das friedliche Schnarchen der Leute. Und ich wünschte plötzlich leidenschaftlich, daß dies alles nicht wäre, daß der Marsch noch länger dauern sollte und daß diese ruhig Schlafenden, und mit ihnen auch ich, dorthin nicht hinzugehen brauchten, von woher die Schüsse donnerten.

Zuweilen wurde die Kanonade stärker, zuweilen hörte ich undeutlich einen weniger lauten, dumpfen Lärm. Es werden Gewehrsalven abgegeben, dachte ich, da ich nicht wußte, daß wir bis zur Donau noch zwanzig Werst hatten, und daß das krankhaft gespannte Gehör sich selbst diese Geräusche schuf. Aber wenn sie auch unwirklich waren, sie ließen dennoch die Phantasie arbeiten und sich schreckliche Bilder ausmalen. Ich glaubte, Schreie und Gestöhn zu vernehmen, ich stellte mir Tausende fallender Menschen vor, ein verzweifeltes, heiseres Hurra, eine Attacke mit dem Bajonett und Gemetzel. Und wenn wir zurückgeschlagen werden und alles dies umsonst ist?

Der finstere Osten wurde grau; der Wind legte sich ein wenig. Die Wolken verzogen sich; sterbende Sterne waren hie und da auf dem verblaßten, grünlichen Himmel zu sehen. Es dämmerte; im Lager erwachte der eine und der andere, und die, welche die Töne der Schlacht vernahmen, weckten die anderen. Man sprach wenig und leise. Die Ungewißheit war nah an die Leute herangetreten:

niemand wußte, was morgen sein wird, und man wollte weder daran denken noch vom morgigen Tag sprechen.

Ich schlief beim Sonnenaufgang ein und erwachte ziemlich spät. Die Kanonen fuhren fort, dumpf zu donnern, und obwohl wir keine Nachricht von der Donau hatten, gingen unter uns Gerüchte um, eines unwahrscheinlicher als das andere. Manche sagten, daß die Unsrigen die Donau überschritten hatten und die Türken verfolgten, die anderen, daß der Übergang mißlungen und daß ganze Regimenter vernichtet wären.

»Welche wurden ertränkt, welche erschossen,« begann jemand.

»Lüg du noch mehr,« unterbrach ihn Wassilij Karpitsch.

»Warum soll ich lügen, wenn es die Wahrheit ist?«

»Wahrheit? Wer hat es dir gesagt?«

»Was?«

»Diese Wahrheit, wo hast du's gehört? Wir wissen alle: dort wird geschossen, weiter nichts.«

»Alle sagen, zum General ist ein Kosak ...«

»Ein Kosak? Hast du den Kosaken gesehen? Wie sieht er aus, dieser dein Kosak?«

»Ein Kosak, wie gewöhnlich ... Wie ein Kosak sein muß.«

»Na, eben, sein muß. Du bist 'n Plappermaul, wie 'n Weib. Solltest lieber sitzen und schweigen. Es war niemand, daher weiß man nichts.«

Ich ging zu Iwan Platonitsch. Die Offiziere saßen alle ganz bereit, zugeknöpft und mit den Revolvern in den Gürteln. Iwan Platonitsch war wie immer rot, schnaubte, keuchte und trocknete sich den Hals mit einem schmutzigen Taschentuch. Stebeljkow war erregt, strahlte und hatte sich seinen Schnurrbart, der früher herunterhing, gewichst, so, daß er jetzt spitz stand.

»Sehen Sie nur unsern Fähnrich an. Hat sich fein gemacht vor der Aktion,« sagte Iwan Platonitsch und zwinkerte mit den Augen. »Ach Stebiljotschek, Stebiljotschjek, du tust mir leid. Es wird keinen solchen Schnurrbart mehr in unserer Versammlung geben, sie werden dich brechen, Stebeljok,« sprach der Hauptmann in scherzhaft kläglichem Ton, »hast du keine Angst?«

»Ich werde mir Mühe geben, keine Angst zu haben,« antwortete Stebeljkow munter.

»Na und Sie, Krieger, fürchten Sie sich nicht?«

»Ich weiß selber nicht. Iwan Platonitsch ... Hört man von da nichts?«

»Nichts. Gott weiß, was dort alles los ist.« Iwan Platonitsch seufzte schwer. »Um ein Uhr brechen wir auf,« fügte er nach einem Schweigen hinzu.

Das Zelt wurde aufgeschlagen; der Adjutant Lukin steckte sein Gesicht herein, das diesmal ernst und blaß war.

»Sind Sie hier, Iwanow? Es ist der Befehl da, Sie zu vereidigen ... Nicht sofort, wenn wir aufbrechen werden. Iwan Platonitsch! Lassen Sie unter der Mannschaft ein fünftes Paket Patronen verteilen.«

Er dankte für die Aufforderung, ein Weilchen zu bleiben, indem er sagte, daß er noch viel zu tun hätte und ging weiter. Ich ging ebenfalls hinaus.

Gegen zwölf Uhr war Mittagessen. Die Leute aßen sehr wenig. Nach dem Essen wurde befohlen, die ledernen Mäntelchen von den Gewehren abzunehmen, und es wurden noch Patronen verteilt. Die Soldaten, die sich kampfbereit machten, untersuchten ihre Ranzen und warfen alles Überflüssige fort. Zerrissene Hemden und Hosen, allerlei Lumpen, alte Stiefel, Bürsten, speckige Soldatenbücher; einige von ihnen hatten, wie sich herausstellte, bis zur Donau eine ganze Menge unnötiger Dinge gebracht. Ich sah auf der Erde einen weggeworfenen »Hundszahn«, das heißt, einfach ein Holzklötzchen, womit in Friedenszeiten vor den Paraden oder Besichtigungen die Riemen der Uniform geglättet werden; schwere steinerne Töpfe, in denen früher Pomade war, allerlei Schächtelchen, Brettchen und sogar Schuhleisten.

»Werft noch mehr fort, Kinder, es ist immer leichter in das Gefecht zu gehen. Morgen werden wir es nicht mehr brauchen.«

»Fünfhundert Werst habe ich es hierher geschleppt ... Und wozu brauch ich's? ...« überlegte Lutikow, indem er einen Fetzen Stoff betrachtete. »Man kann es doch nicht mit sich nehmen ...«

An diesem Tag war es Mode, Sachen wegzuwerfen und den Ranzen zu säubern. Als wir aufbrachen und den Fleck verließen, auf dem wir gestanden hatten, erschien er auf dem dunklen Hintergrund der Steppe wie ein gleichmäßiges Viereck, das bunt war, bunt von der Menge Lumpen und verschiedener anderer Gegenstände.

Vor dem Aufbruch, als das Regiment vollkommen bereit stand und auf das Kommando wartete, versammelten sich vor uns einige Offiziere und unser junger Regimentspriester. Aus der Front wurden vier Freiwillige aus anderen Bataillonen und ich gerufen; alle waren in das Regiment während des Feldzugs eingetreten. Nachdem wir unsere Gewehre dem Nachbarn übergeben hatten, traten wir vor und stellten uns an der Fahne auf; die mir unbekannten Kameraden waren erregt und auch mein Herz schlug stärker als sonst.

»Fassen Sie die Fahne an,« sagte der Batallionschef. Der Fahnenträger neigte die Fahne; seine Assistenten zogen die Hülle ab. Das alte ausgeblichene, grüne Seidengewebe begann im Winde zu flattern. Wir stellten uns ringsherum auf und mit einer Hand an der Stange festhaltend, die andre in die Höhe gehoben wiederholten wir die Worte des Priesters, der vom Blatt den alten Petrowschen Soldateneid verlas. Ich erinnerte mich an Wassilij Karpitsch's Worte beim ersten Marsch. »Wo steht das?« dachte ich. Und nach der langen Aufzählung der Gelegenheiten und der Orte des Dienstes bei Seiner Kaiserlichen Majestät: der Feldzüge, Vorstöße, Avantgarden und Arrieregarden, der Festungen, Wachtposten und Trains, vernahm ich diese Worte: »Ohne das Leben zu schonen!« wiederholten alle fünf laut und einstimmig. Und die Reihen dieser finsteren kampfbereiten Menschen ansehend, fühlte ich, daß dies keine leeren Worte waren.

Wir kehrten in unsere Reihen zurück; das Regiment zuckte, regte sich, und in eine lange Kolonne gestreckt, brach es im forcierten Schritt zur Donau auf. Die Schüsse, die von da herübertönten, verstummten.

Wie durch den Traum erinnre ich mich an diesen Marsch; der Staub, der von Kosakenregimentern, die uns im Trab überholten, aufgewirbelt wurde, die weite Steppe, die sich zur Donau senkte, deren anderes blaues Ufer wir bereits auf die Entfernung von fünfzehn Werst erblickten; die Müdigkeit, Hitze, das Gedränge und Prügelei an dem Brunnen bei Simnitza; ein schmutziges kleines Städtchen, das mit Militär überfüllt war, irgendwelche Generale, die vom Balkon mit ihren Mützen schwenkten und Hurra riefen, was wir mit dem gleichen erwiderten.

»Sie sind hinüber, sie sind hinüber,« summten ringsum Stimmen.

Zweihundert Tote, fünfhundert Verwundete!

VIII

Es war schon dunkel, als wir zum Ufer hinunterstiegen, über eine kleine Brücke einen Donauarm passierten und auf einer niedrigen Sandinsel weitermarschierten, die von dem eben abgeflossenen Wasser noch naß war. Ich erinnere mich an das harte Geklirre der Bajonette, der im Dunkeln zusammenstoßenden Soldaten, an das dumpfe Gedröhn der uns überholenden Artillerie, an die schwarze Fläche des breiten Flusses, und die Feuer auf dem andern Ufer, wohin wir morgen uns hinübersetzen sollten und wo, wie ich wußte, morgen eine neue Schlacht beginnen würde. »Lieber nicht denken, sondern einschlafen,« beschloß ich und legte mich auf den von Wasser durchtränkten Sand hin.

Die Sonne stand schon hoch, als ich die Augen öffnete. Auf dem Sandufer drängten sich die Soldaten, Train-Parks; am Wasser selbst hatte man bereits Batterien und kleine Schützengräben ausgehoben; jenseits der Donau konnte man auf dem stellen Ufer Gärten und Weinberge unterscheiden, in denen unsere Truppen wimmelten; hinter ihnen erhoben sich immer höhere und höhere Berge, die den Horizont scharf begrenzten. Rechts drei Werst von ihnen schimmerte weiß das auf den Hügeln gelegene Sistowo mit seinen Häusern und Minaretts. Ein Dampfschiff mit einer Barke im Schlepptau setzte ein Bataillon nach dem andern auf die andre Seite über. An unserm Ufer zischte dampfend ein kleines Minenboot.

»Zum wohlgelungenen Übergang, Wladimir Michailitsch,« gratulierte mir Fjodorow vergnügt.

124

»Ihnen ebenfalls. Aber wir sind ja noch gar nicht hinübergegangen.«

»Bald kommt der Dampfer und nimmt uns mit. Ein türkischer Monitor, sagt man, ist nicht weit von hier: dieser Samowar steht eben für ihn bereit. (Er zeigte auf da« Minenboot.) Und wieviel Volk da erschlagen ist,« fuhr er mit veränderter Stimme fort, »man bringt sie und schafft und schafft sie von der andern Seite ...«

Und er erzählte mir die allen bekannten Einzelheiten der Schlacht bei Sistowo.

»Jetzt sind wir an der Reihe. Wenn wir auf die andre Seite hinübergehen, stürzen sich die Türken über uns ... Und doch haben wir Aufschub gehabt: wir leben noch, diese da aber ...«

Er nickte nach einem Haufen Soldaten und Offizieren, die einen uns unsichtbaren Gegenstand umdrängten, auf den sie alle hinsahen.

»Was ist das?«

»Es sind unsere Toten, die von da gebracht wurden. Gehen Sie hin, sehen Sie sich's an, Michailitsch. Wie schrecklich.«

Ich trat zu dem Menschenhaufen. Alle starrten schweigend und mit entblößten Köpfen auf die im Sand nebeneinander liegenden Leichen. Iwan Platonitsch, Stebeljkow und Wenzel waren ebenfalls hier. Iwan Plalonitsch war finster, böse, krächzte und keuchte, Stebeljkow reckte seinen dünnen Hals mit naivem Entsetzen: Wenzel stand da, tief in Gedanken versunken.

Es waren zweie, die im Sand lagen. Der eine ein großgewachsener, schöner Gardist vom finnländischen Regiment, aus der gemischten Garde-Halbkompagnie, derselben, die während der Attacke die Hälfte der Mannschaft verloren hatte. Er hatte einen Bauchschuß bekommen und sich gewiß lange gequält, bis er starb. Der Schmerz hatte einen seinen Stempel von etwas Vergeistigtem, Schönem und zart Klagendem auf seinem Gesicht zurückgelassen. Seine Augen waren geschlossen, die Hände auf der Brust verschränkt. Hatte er selbst vor dem Tode diese Stellung angenommen oder hatten die Kameraden um ihn dafür gesorgt? Sein Anblick erweckte weder Entsetzen noch Widerwillen, nur unendliches Bedauern um dieses zugrundegegangene, wie ein Quell schäumende Leben.

Iwan Platonitsch neigte sich zur Leiche, nahm die Mütze, die neben dem Kopf lag und las auf dem Schirm: Iwan Schuremkow von der dritten Kompagnie. »Er war ein Chochol,[7] der Ärmste.« sagte er. Und ich stellte mir auf einmal meine Heimat vor, den heißen Wind der Steppe, die Ansiedelung im Hohlweg, die Fruchtgärten von Weiden überwuchert, ein weißes Häuschen mit roten Fensterläden. Wer wartet dort auf dich?

Der andere war ein Armeesoldat, von Wolynischen Regiment. Der Tod hatte ihn plötzlich überrascht. Er war wie rasend Sturm gelaufen, vor Geschrei erstickend. Die Kugel hatte ihn in das Nasenbein getroffen, den Kopf durchbohrt und eine klaffende Wunde zurückgelassen. So lag er auch, mit weitgeöffneten, jetzt schon erstarrten Augen, mit offenem Mund und vor Wut verzerrtem, blauem Gesicht.

»Sie haben abgerechnet,« sagte Iwan Plutonitsch. »Sie sind quitt. Mehr brauchen sie nicht.«

Er wandte sich um: die Soldaten traten eilig zurück, um ihm Platz zu machen. Stebeljkow folgte ihm. Wenzel holte uns ein.

»Da, Iwanow, haben Sie gesehen?«

»Ich habe gesehen, Peter Nikolajewitsch.«

»Was dachten Sie, als Sie sie sahen?« fragte er finster.

In mir loderte plötzlich die Wut gegen diesen Menschen auf und der Wunsch, ihm etwas Bedrückendes zu sagen.

»Vieles, und am meisten das, daß sie jetzt kein Kanonenfutter mehr sind. Jetzt brauchen sie keine Disziplin mehr. Und niemand wird sie mehr martern, um dieser Disziplin willen. Sie sind keine Soldaten mehr, keine Untergebenen,« sagte ich mit zitternder Stimme. »Sie sind Menschen.«

Wenzel blitzte mit den Augen. Ein Ton kam aus seiner Kehle und brach ab: er wollte mir antworten, gewiß, nahm sich aber auch diesmal zusammen. Er ging neben mir mit gesenktem Kopf und

---

[7] Ein Kleinrusse.

sagte nach einigen Schritten, ohne mich anzusehen: »Ja, Iwanow, Sie haben recht. Sie sind Menschen ... tote Menschen.«

IX

Wir wurden auf die andre Seite der Donau hinübergesetzt. Einige Tage standen wir vor Sistowo und erwarteten die Türken. Dann zogen die Truppen ins Land hinein. Auch wir gingen. Bald schickte man uns dahin, bald dorthin. Wir waren bei Tirnowo und unweit Plewna; aber es vergingen drei Wochen und wir hatten noch nicht ein Treffen mitgemacht. Endlich gerieten wir zu einer Abteilung, deren Bestimmung es war, den Angriff der großen türkischen Armee aufzuhalten. Vierzigtausend Russen waren auf siebzig Werst verteilt. Ihnen standen hunderttausend Türken gegenüber, und nur die vorsichtige Aktion unseres Befehlshabers, der die Menschen nicht riskierte und sich einzig mit dem Zurückwerfen des angreifenden Feindes begnügte, und die Saumseligkeit des türkischen Paschas erlaubten es uns, unsere Aufgabe zu erfüllen: zu vereiteln, daß die Türken durchbrachen und unsre Hauptarmee von der Donau abschnitten.

Wir waren wenige und unsre Linie war groß; deswegen kamen wir selten zur Ruhe. Wir waren in vielen Dörfern, bald hier, bald dort erscheinend, um dem vermuteten Angriff zu begegnen; wir verirrten uns in solche entlegenen Winkel von Bulgarien, daß uns die Transporte mit dem Proviant nicht fanden, und wir hungern mußten, indem wir unsere zweitägige Ration Zwieback auf fünf und mehr Tage verteilten. Die hungernden Leute droschen den nicht ausgereiften Weizen mit Stöcken auf der ausgebreiteten Zeltleinewand, kochten aus ihm und saueren Waldäpfeln eine abscheuliche Suppe ohne Salz (denn Salz war nicht zu beschaffen) und wurden davon krank. Die Bataillone schmolzen zusammen, obwohl sie noch nicht im Gefecht waren.

Mitte Juli kam unsre Brigade mit einigen Eskadronen Kavallerie und zwei Batterien in ein von seinen Bewohnern verlassenes und halb verbranntes, geplündertes türkisches Dorf. Unser Lager breitete sich auf einem hohen, stellen Berg aus. Das Dorf lag unten in der Tiefe des Tales, in dem sich ein schmaler Bach schlängelte. Steile hohe Felsen ragten auf der anderen Seite des Tals. Es war, wie wir dachten, eine türkische Siedelung, aber Türken hatten wir keine in der Nähe. So standen wir einige Tage auf unserem Berg fast ohne Brot, und konnten uns nur mit Mühe Trinkwasser beschaffen, das man tief unten aus dem Quell, der unter dem Felsen entsprang, holen mußte. Wir waren von der Armee völlig abgeschnitten und wußten nicht, was in der weiten Welt geschah. Etwa fünfzehn Werst vor uns machten Kosaken Rekognoszierungen: zwei- oder dreihundert von ihnen waren auf zwanzig Werst verteilt. Türken gab's auch da keine.

Trotzdem wir den Feind nicht entdecken konnten, wandte unser kleiner Trupp alle Vorsichtsmaßregeln an. Tag und Nacht stand um das Lager herum eine dichte Postenkette. Die Lage der Gegend erforderte es, daß ihre Linie sehr lang war, und täglich waren einige Kompagnien mit diesem untätigen, alle sehr ermüdenden Dienst beschäftigt. Untätigkeit, fast beständiger Hunger, und die Ungewißheit der Lage wirkten schlecht auf die Mannschaft.

Die Regimentslazarette waren überfüllt. Jeden Tag wurden die ermatteten und vom Fieber und der Ruhr erschöpften Menschen in das Divisionslazarett transportiert. In den Kompagnien war nur die Hälfte oder Zweidrittel des vollen Bestandes auf dem Posten. Alle waren finster und alle wollten ins Treffen. Immerhin war das ein Ausweg. Endlich kam er. Vom Kommandeur eines Kosakenhunderts kam ein Kosak gesprengt mit einer Nachricht, daß die Türken zum Angriff übergegangen seien, daß er, der Kommandeur, seine Leute zusammenziehen und sich fünf Werst zurückziehen müßte. Nachher stellte sich heraus, daß die Türken zurückgekehrt waren, ohne daran zu denken, den Angriff fortzusetzen und daß wir ruhig auf unserm Platz hätten bleiben können, um so mehr als niemand uns anzugreifen befahl. Aber der befehlshabende General, der kurz vorher aus Petersburg gekommen war, fühlte genau wie die Mannschaft. Den Leuten war es eben unerträglich, mit zusammengefalteten Händen zu sitzen oder Tag und Nacht Posten zu stehen gegen einen unsichtbaren und, wie alle überzeugt waren, nicht existierenden Feind, sich von schlechtem Zeug zu nähren und zu warten bis die Reihe an sie kam, krank zu werden. Alle wollten sich schlagen. Und der General befahl einen Überfall.

Wir ließen die Hälfte unserer Leute im Lager zurück. Die Lage der Dinge war so ungewiß, daß man eines Überfalls von anderen Seiten gewärtig sein konnte. Vierzehn Kompagnien Husaren und vier Kanonen zogen am Nachmittag ins Feld. Niemals gingen wir so schnell und so munter, ausgenommen jenen Tag, an dem wir vor dem Kaiser defilierten.

Wir gingen das Tal entlang und passierten eins nach dem andern verlassene türkische und bulgarische Dörfer. In den schmalen Gäßchen, die mit hohen, weit über Menschengröße hohen Zäunen umgeben waren, begegnete uns kein Mensch, kein Vieh, kein Hund; nur die Hühner flogen gackernd vor uns auf die Zäune und Dächer und die Gänse schwangen sich schwer schreiend in die Luft und bemühten sich, fortzufliegen. Aus den Gärtchen ragten Zweige, die mit Pflaumen allerlei Art wie beklebt waren. Im letzten Dorf, fünf Werst vor der Stelle, wo die Türken vermutet wurden, gab man uns eine halbe Stunde Ruhe. Während dieser Zeit schüttelten die halbhungrigen Soldaten von den Bäumen eine Menge Pflaumen, aßen sich satt und stopften mit ihnen ihre Zwiebacksäcke voll. Manche, wenige freilich, dachten daran, Hühner und Gänse zu fangen und sie abzuschlachten. Sie rupften sie und nahmen sie mit. Ich erinnerte mich, wie dieselben Soldaten vor der Überfahrt bei Sistowo in Erwartung der Schlacht aus ihren Ranzen alle ihre Sachen wegwarfen, und äußerte mich darüber zu Schitkow, der gerade eine riesengroße Gans rupfte.

»Nun denn, Michailitsch, wir waren ja zwar noch nicht im Gefecht, aber wir haben uns gewöhnt, es zu erwarten. Es ist einem, als wenn man nur vorübergeht. Vielleicht wird es nichts. Und wenn wir auch ins Gefecht geraten – der Vorrat verlangt ja nicht zu essen – vielleicht werden sie einen nicht gerade totschlagen. Da hat man gleich einen Imbiß.«

»Fürchten Sie sich?«

»Es wird ja vielleicht nicht dazu kommen,« antwortete er nicht schnell, blinzelnd und sorgfältig den letzten weißen Flaum ausrupfend.

»Wenn es aber dazu kommt?«

»Wenn es dazu kommt, dann ist es ja einerlei, ob man sich fürchtet, oder nicht fürchtet, man muß ja gehen. Unsereins wird ja nicht gefragt. Geh in Gottes Namen! Gib mir dein Messer: du hast'n famoses Messer.« Ich gab ihm ein großes Jagdmesser, er zerschnitt die Gans der Länge nach und reichte eine Hälfte mir. »Nimm auf alle Fälle. Und daran, ob es schrecklich ist oder nicht schrecklich, denk lieber nicht, gnädiger Herr. Alles kommt von Gott. Ihm entgehst du nirgends.«

»Wenn eine Kugel oder eine Granate schon auf dich zufliegt, wo kann man da noch hingehen?« bekräftigte Fjodorow, der neben uns lag. »Ich denke mir so, Wladimir Michailitsch. daß in der Flucht noch mehr Gefahr ist, denn die Kugel muß in der Trajektorie fliegen, so (er zeigte mir den Finger), und hinten bildet sich erst recht eine große Hitze.«

»Ja,« sagte ich, »besonders bei den Türken. Man sagt, sie zielen sehr hoch.«

»Nun, du Gelehrter,« sagt Schitkow zu Fjodorow, »sprich noch mehr! Sie werden dir da eine Tracktorie zeigen! Natürlich ist es vorne schon besser...« fügte er nach einem kurzen Nachdenken hinzu.

»Wo die Obrigkeit hingeht,« sagte Fjodorow, »und unsereins wird vorwärtsgehen, wird keine Angst bekommen.«

»Unsereins wird vorwärtsgehen. Wird keine Angst bekommen. Und Njemzew wird auch vorwärtsgehen.«

»Onkel Schitkow,« fragte Fjodorow, »was meinst du: wird er heute am Leben bleiben oder nicht?«

Schitkow senkte die Augen.

»Wovon sprichst du da?« fragte er.

»Tu doch nicht so? Hast du ihn gesehen? Alles an ihm zappelt nur so.«

Schitkow wurde noch finsterer.

»Du schwatzest da Unsinn,« sagte er.

»Und vor der Donau, was haben Sie gesprochen?« fragte Fjodorow.

»Vor der Donau!... Da war man wütend und sprach in der Wut allerlei. Natürlich, es war nicht auszuhalten. Was glaubst du, sind sie etwa Mörder?« sagte Schitkow, sich umwendend, und sah Fjodorow gerade ins Gesicht. »Haben sie keinen Gott in sich? Wissen sie denn nicht, wohin sie gehen? Vielleicht müssen welche von ihnen heute dem Herrgott Rede und Antwort stehen. Wie sollen sie an eine solche Sache denken? Vor der Donau! Vor der Donau habe ich es selbst einmal dem gnädigen Herrn gesagt (er zeigte mit einem Kopfnicken auf mich), natürlich habe ich es gesagt, weil es mir widerlich war, zuzusehen. Woran er sich da erinnert, vor der Donau!«

Er griff mit der Hand in den Stiefelschaft, um den Tabakbeutel herauszuholen und brummte noch lange, während er die Pfeife stopfte und sie anrauchte. Dann setzte er sich, nachdem er den Beutel wieder eingesteckt hatte, bequem hin, umfaßte die Knie mit beiden Händen und versank in brütendes Nachdenken.

Eine halbe Stunde später traten wir aus dem Dorf und stiegen aus dem Tal in die Berge. Hinter der Anhöhe, die wir ersteigen mußten, lagen die Türken. Wir stiegen auf den Berg, vor uns öffnete sich ein weiter, hügeliger, allmählich abfallender Raum, bald mit Weizen-, bald mit Maisfeldern. oder mit riesigen Ständen von Korkulmen und Mispelbäumen bedeckt. An zwei Stellen schimmerten weiß die Minaretts von Dörfern, die zwischen den grünen Hügeln versteckt lagen. Das eine rechts sollten wir einnehmen. Hinter ihm zog sich, kaum sichtbar, am Rande des Horizonts ein weißer Streifen; es war die Chaussee, die früher von unseren Kosaken besetzt war. Bald verloren wir das alles aus den Augen: wir traten in ein dichtes Gestrüpp. das zuweilen von kleinen Lichtungen unterbrochen war.

An den Anfang der Schlacht erinnere ich mich schlecht. Als wir auf eine offene Stelle hinaustraten, auf den Gipfel des Berges, wo die Türken klar sehen konnten, wie unsere Kompagnien aus den Sträuchern hervortraten, sich aufstellten und in Ketten verteilten, ertönte donnernd auf einmal ein einsamer Kanonenschuß. Da sandten sie uns eine Granate. Die Leute zuckten; die Augen aller richteten sich auf dies bereits verschwimmende, leise vom Hügel herunterrollende weiße Rauchwölkchen, und im selben Moment ließ alle der herannahende, helle, klirrende Laut des Geschosses, das über unsern Köpfen, wie es schien, dahinflog, sich zur Erde neigen. Die

Granate flog an uns vorüber und schlug in die Erde ein, neben der hinter uns schreitenden Kompagnie. Ich erinnere mich an den dumpfen Schlag bei ihrem Bersten und an den sofort darauf erfolgten jämmerlichen Aufschrei. Ein Splitter hatte dem Feldwebel ein Bein abgerissen. Das erfuhr ich erst später. Damals konnte ich diesen Schrei gar nicht verstehen. Das Ohr hatte ihn aufgenommen – und sonst nichts. Damals hatte sich alles in ein klares und in Worten unaussprechliches Gefühl vereinigt, das den. der zum erstenmal ins Feuer geht, ergreift. Man sagt, es gibt keinen, der sich in der Schlacht nicht fürchtet; jeder nicht prahlende und gerade Mensch wird auf die Frage, ob er sich fürchte, antworten: ja, er fürchte sich. Aber es war nicht jene physische Angst, die den Menschen nachts bei der Begegnung mit einem Räuber in einem entlegenen Gäßchen ergreift: es war das vollständige, klare Bewußtsein von der Unvermeidlichkeit und der Nähe des Todes. Und mögen diese Worte noch so wild und seltsam klingen – dieses Bewußtsein hielt die Menschen nicht auf, zwang sie nicht, an die Flucht zu denken, sondern führte sie vorwärts. Nicht die blutrünstigen Instinkte waren erwacht, man wollte vorwärtsgehen, nicht um jemand zu töten, sondern es war ein unabwendbarer Drang, vorwärtszugehen um jeden Preis, und der Gedanke, was man während der Schlacht tun müsse, hätte sich nicht in den Worten »man muß töten«, sondern viel eher in den Worten »man muß sterben« ausgedrückt.

Während wir die Lichtung überschritten, hatten die Türken Zeit, einige Schüsse abzufeuern. Uns trennte von ihnen jetzt das letzte große Gestrüpp, das allmählich zum Dorf anstieg. Wir traten in die Büsche, alles wurde still.

Es war schwer, zu gehen; die dichten, oft stachligen Sträucher wucherten hier sehr wild, und man mußte sie entweder umgehen oder durch sie hindurch. Die Schützen, welche vorangingen, hatten sich bereits in eine Kette zerstreut und riefen nur zuweilen einander an, um sich nicht zu verlieren. Wir blieben vorläufig als ganze Kompagnie beisammen. Tiefes Schweigen herrschte im Walde.

Nun ertönte der erste, nicht laute, dem Hieb eines Holzfällers ähnliche Gewehrschuß. Die Türken hatten begonnen, uns aufs Geratewohl Kugeln zu schicken. Sie pfiffen hoch in der Luft in den verschiedensten Tönen, flogen geräuschvoll durch die Sträucher hindurch, wobei sie Zweige abrissen, die Menschen aber nicht trafen. Der Laut des Waldfällens wurde immer häufiger und schließlich vereinte sich alles in ein eintöniges Geknatter. Man hörte einzelnes Heulen oder Pfeifen nicht mehr; es pfiff und heulte die ganze Luft. Wir gingen eilig vorwärts; alle um mich herum waren noch heil, und auch ich selbst war unversehrt. Das wunderte mich sehr.

Plötzlich traten wir aus dem Gebüsch. Eine tiefe Schlucht mit einem Bach durchschnitt den Weg. Die Mannschaft ruhte einen Augenblick aus und trank Wasser.

Von hier wurden die Kompagnien nach verschiedenen Seiten geführt, um die Türken von den Flanken einzukreisen; unsere Kompagnie wurde in der Schlucht als Reserve zurückgelassen. Die Schützen mußten geradeaus gehen und, nachdem sie das Gebüsch passierten, in das Dorf dringen. Die türkischen Schüsse knatterten wie früher, oft ununterbrochen, nur viel lauter.

Nachdem er auf die andere Seite der Schlucht gelangte, stellte Wenzel seine Kompagnie auf. Er sagte seinen Leuten etwas, was ich nicht hören konnte.

»Wir wollen uns Mühe geben! Wir wollen uns Mühe geben!« ertönten die Stimmen der Schützen.

Ich sah ihn von unten an: er war bleich und, wie mir schien, traurig, aber ziemlich ruhig. Als er Iwan Platonitsch und Stebeljkow bemerkte, winkte er ihnen mit dem Taschentuch zu und dann begann er mit den Augen etwas in unserer Schar zu suchen. Ich erriet, daß er auch von mir Abschied nehmen wollte und stand auf, damit er mich bemerkte. Wenzel lächelte, nickte mir einigemal zu und befahl der Kompagnie, eine Kette zu bilden. In Gruppen von vier Mann gingen sie nach rechts und nach links, bildeten eine lange Kette und verschwanden auf einmal in den Büschen, mit Ausnahme des einen, der plötzlich mit dem ganzen Körper nach vorn wankte, die Arme erhob und schwer auf die Erde fiel. Zwei von uns sprangen aus der Schlucht hervor und brachten den Körper.

Qualvoll verging eine halbe Stunde der Ungewißheit.

Der Kampf entbrannte immer mehr. Das Gewehrfeuer wurde immer häufiger und ging in ein dichtes drohendes Geheul über. Auf der rechten Flanke donnerten nun die Kanonen. Aus den Büschen zeigten sich gehende und kriechende blutüberströmte Menschen. Erst waren ihrer wenige, aber mit jedem Augenblick wurden ihrer mehr und mehr. Unsere halfen ihnen in die Schlucht hinabzusteigen, tränkten sie mit Wasser und legten sie hin, in Erwartung der Sanitätskolonnen mit den Tragbahren. Ein Schütze mit einer verstümmelten Hand kam selbst, entsetzlich stöhnend und die Augen verdrehend, mit einem Gesicht, das vor Blutverlust und Schmerz vollkommen blau war, und setzte sich an den Bach. Man band ihm den Arm ab, bettete ihn auf einen Mantel. Es hörte auf, zu bluten. Der Frost schüttelte ihn; seine Lippen zitterten, er schluckte nervös und krampfhaft schluchzend.

»Brüderchen, Brüderchen, liebe Landsleute ...«

»Sind viele geschlagen?«

»Sie fallen nur so.«

»Ist der Kompagniechef heil?«

»Vorläufig ja. Wenn nicht er, hätten sie uns zurückgeschlagen. Sie werden es nehmen. Mit ihm werden sie's nehmen,« sprach der Verwundete mit schwacher Stimme. »Dreimal hat er sie geführt und sie wurden zurückgeschlagen. Jetzt führt er sie zum viertenmal. Sie sitzen dort in der kleinen Schlucht; und Patronen haben sie, sie säen nur so. Sie säen nur so ... Aber nein,« schrie der Verwundete plötzlich mit Wut, erhob sich und schwenkte den kranken Arm. »Du scherzest wohl! Du scherzest wohl, Verdammter!«

Und mit den rasenden Augen rollend, stieß er ein schreckliches, grobes Schimpfwort aus und fiel bewußtlos hin.

Am Rand der Schlucht zeigte sich Lukin.

»Iwan Platonitsch,« schrie er mit einer ganz fremden Stimme, »führen Sie!«

Rauch. Geknatter, Gestöhn, rasende Hurraschreie ... der Geruch von Blut und Pulver ... in Rauch gehüllte, seltsame fremde Menschen, mit blassen Gesichtern, ein wüstes unmenschliches Gemetzel. Gott sei gedankt dafür, daß man solche Minuten wie im Nebel verschleiert in der Erinnerung behält...

Als wir hinkamen, führte Wenzel zum fünftenmal den Rest seiner Kompagnie gegen die Türken, die ihn mit Blei überschütteten.

Diesmal drangen die Schützen in das Dorf. Die wenigen von den es beschützenden Türken konnten noch entrinnen. Die zweite Schützenkompagnie hatte in zwei Stunden des Gefechts zweiundfünfzig Menschen von wenig über hundert verloren. Unsere Kompagnie, die am Gefecht wenig Anteil genommen hatte, verlor auch einige Menschen.

Wir blieben nicht in der eroberten Position, obwohl die Türken von überall vertrieben wurden. Als unser General sah, wie aus dem Dorf auf die Chaussee die Bataillone hinausgingen, die geringe Menge Kavallerie und die Reihe der Kanonen, war er entsetzt. Offenbar kannten die Türken unsre Kräfte nicht, die hinter den Sträuchern verborgen waren: wenn sie es gewußt hätten, daß nur vierzehn Kompagnien sie aus ihren tiefen Wegen, Gräben und Zäunen, die das Dorf umringten, vertrieben hatten, wären sie zurückgekehrt und hätten uns zermalmt. Sie waren dreimal überlegen an der Zahl.

Am Abend waren wir schon an unserm alten Ort. Iwan Platonitsch rief mich zu sich zum Tee.

»Haben Sie Wenzel gesehen?« fragte er.

»Noch nicht.«

»Gehen Sie zu ihm in das Zelt, rufen Sie ihn zu uns. Der Mensch grämt sich zu Tode. ›Zweiundfünfzig, zweiundfünfzig‹, mehr hört man nicht von ihm. Gehen Sie doch zu ihm.«

Ein dünner Lichtstumpf beleuchtete schwach Wenzels Zelt. In die Ecke des Zeltes gedrückt und den Kopf auf eine Kiste gelehnt, schluchzte er dumpf.

Das Signal

Ssemjon Iwanow diente als Wächter an der Eisenbahn. Sein
Häuschen war von der einen Station zwölf, von der anderen zehn
Werst entfernt. Etwa vier Werst davon wurde im vorigen Jahr eine
große Spinnerei eingerichtet; ihr Schornstein ragte schwarz über
dem Wald empor, sonst gab es außer den Nachbarhäuschen der
Wächter keine menschliche Wohnstätte in der Nähe.

Ssemjon Iwanow war ein kranker und zerschlagener Mann. Vor
neun Jahren hatte er als Bursche bei einem Offizier den ganzen
Feldzug mitgemacht. Er hungerte und fror, und ließ sich von der
Sonne braten und machte Märsche zu vierzig und fünfzig Werst in
der Hitze und im Frost; er war auch im Kugelregen gewesen, aber
Gott sei Dank, keine einzige hatte ihn verletzt. Einmal stand das
Regiment in der vordersten Linie; die ganze Woche dauerte schon
das Geplänkel mit den Türken: unsere Vorpostenkette lag auf der
einen Seite des Hohlwegs und auf der anderen die türkische, und
von morgens bis abends wurde geschossen. Ssemjons Offizier war
auch mit in der Kette; jeden Tag dreimal brachte ihm Ssemjon aus
der Regimentsküche im Hohlweg einen heißen Samowar und das
Mittagessen. Er ging mit dem Samowar übers freie Feld, die Kugeln
pfiffen, knackten, wenn sie auf die Steine schlugen, Ssemjon hatte
Angst und weinte und ging doch. Die Herren Offiziere waren sehr
zufrieden mit ihm. Sie hatten immer heißen Tee. Aus dem Feldzug
kehrte er heil zurück, nur hatte er Reißen in den Armen und den
Beinen. Nicht wenig Kummer mußte er seitdem erfahren: als er
nach Hause kam, da war der alte Vater tot; das vierjährige Söhn-
chen war ebenfalls tot, an einer Halskrankheit gestorben; und so
war Ssemjon allein geblieben mit seiner Frau. Die Wirtschaft wollte
nicht gehen. Es war auch schwer, mit geschwollenen Armen und
Beinen die Erde zu pflügen. Und so konnten sie nicht mehr in ihrem
eigenen Dorf aushalten; sie gingen fort, um an einem neuen Ort das
Glück zu suchen. Ssemjon und seine Frau waren in Cherson und in
der Dorstschina: nirgends fanden sie Glück. Die Frau ging in den
Dienst und Ssemjon streifte noch immer herum. Einmal mußte er
mit der Eisenbahn fahren; auf der einen Station schien es, als wenn
der Vorsteher ihm bekannt wäre. Ssemjon sah ihn an, und auch der

Vorsteher sah Ssemjon ins Gesicht. Sie erkannten einander. Es war ein Offizier seines Regiments.

»Bist du's, Iwanow?« fragte er

»Jawohl, Euer Wohlgeboren, ich bin es selbst.«

»Wie bist du hierher geraten?«

Ssemjon erzählte ihm. So und so.

»Wohin gehst du denn jetzt?«

»Das kann ich nicht wissen, Euer Wohlgeboren.«

»Wieso kannst du es nicht wissen, du Dummkopf?«

»Jawohl, Euer Wohlgeboren, weil ich nicht weiß, wohin. Ich muß irgendeine Arbeit suchen, Euer Wohlgeboren.«

Der Vorsteher sah ihn an, überlegte ein Weilchen und sagte:

»Weißt du was, Bruder, bleib vorläufig auf der Station. Du bist doch verheiratet? Wo ist deine Frau?«

»Jawohl, Euer Wohlgeboren, ich bin verheiratet; meine Frau ist in der Stadt Kursk, bei einem Kaufmann im Dienst.«

»Nun, so schreib deiner Frau, daß sie kommen soll. Ich werde ein Freibillett für sie ausfertigen. Hier wird bei uns ein Wächterhäuschen frei, ich will beim Direktor für dich bitten.«

»Ich bin sehr dankbar, Euer Wohlgeboren,« sagte Ssemjon.

Und so blieb er auf der Station. Er half bei dem Stationsvorsteher in der Küche, spaltete Holz, fegte den Hof und den Bahnsteig. In zwei Wochen kam seine Frau, und Ssemjon zog mit einem Handkarren in sein Häuschen. Das Häuschen war neu, warm, Holz hatte man, soviel man wollte, von den früheren Wächtern war ein angelegtes Gemüsegärtchen zurückgeblieben und auf beiden Selten des Bahndamms gehörte etwa eine halbe Dessjatine Ackerland ihnen. Ssemjon war sehr froh: er malte sich nun aus, wie er seine Wirtschaft einrichten und sich eine Kuh und ein Pferd kaufen würde.

Man gab ihm alles, was er nötig hatte: eine grüne Flagge, eine rote Flagge, Laternen, das Signalhorn, einen Hammer, Schlüssel für die Schrauben, ein Stemmeisen, einen Spaten, Besen, Bolzen, Krücken, zwei Bücher mit Regeln und das Verzeichnis der Züge. Die erste Zeit schlief Ssemjon die ganzen Nächte nicht und studierte das Verzeichnis. Der Zug hatte erst in zwei Stunden zu passieren, er aber machte den Gang durch sein Revier, setzte sich auf die Bank vor dem Häuschen und starrte und horchte, ob die Schienen schon zitterten, ob der Zug schon rauschte. Auch das Reglement lernte er auswendig; obschon er schlecht lesen konnte, so lernte er es doch auswendig.

Es war im Sommer; die Arbeit war nicht schwer, man brauchte keinen Schnee wegzuschaufeln. Außerdem sind die Züge auf jener Linie selten und Ssemjon machte den Gang zweimal in vierundzwanzig Stunden, faßte hie und da die Schrauben an und schraubte sie fester, machte den Kies glatt, sah nach den Wasserrohren und ging nach Haus, um an seiner Wirtschaft zu arbeiten. In seiner Wirtschaft aber gab es ein Hindernis: was er auch tun wollte, nach allem mußte er den Linienmeister fragen. Und dieser meldete es dem Direktor. Bis die Antwort auf eine solche Bitte kam, verging viel Zeit. Ssemjon und seine Frau begannen sich sogar zu langweilen.

Es vergingen etwa zwei Monate: Ssemjon begann mit den benachbarten Wächtern Bekanntschaft zu schließen. Der eine war ein uralter Mann; man wolle ihn immer absetzen; er konnte kaum aus dem Häuschen herauskommen. Seine Frau machte für ihn den Rundgang. Der andere Wächter, der der Station näher war, war ein junger Mann, mager und sehnig von Gestalt. Ssemjon begegnete ihm zum erstenmal auf der Linie, in der Mitte zwischen den beiden Häuschen, beim Rundgang; Ssemjon zog die Mütze und grüßte.

»Ich wünsche Ihnen Gesundheit, Nachbar,« sagte er.

Der Nachbar sah ihn von der Seite an. »Guten Tag!« sagte er, wandte sich ab und ging fort. Dann trafen die Weiber zusammen. Ssemjon Arina grüßte die Nachbarin. Die aber ließ sich auch nicht auf ein Gespräch ein und lief fort. Einmal erblickte sie Ssemjon.

»Warum ist dein Mann so wenig gesprächig, junge Frau?« Die Frau schwieg, dann sagte sie:

»Ja, wovon sollte er mit dir sprechen? Jeder hat das seinige ... Geh mit Gott!«

Dennoch, es verging etwa ein Monat, und sie wurden näher bekannt. Ssemjon und Wassilij kamen dann zusammen auf dem Bahndamm, setzten sich an den Rand, rauchten ihre Pfeifen und erzählten von ihrem Leben. Wassillj schwieg meistens, Ssemjon aber erzählte von seinem Dorf und vom Feldzug.

»Nicht wenig Kummer habe ich in meinem Leben erfahren, und mein Leben währt doch noch nicht so furchtbar lang, weiß Gott. Gott hat mir eben kein Glück gegeben. Was für ein Schicksal Gott einem gibt, danach ist alles. So ist es, Bruder Wassilij Stepanitsch.«

Wassilij Stepanitsch aber klopfte seine Pfeife an der Schiene aus, erhob sich und sagte:

»Nicht das Schicksal frißt unser Leben auf, sondern die Menschen. Es gibt auf der Welt keine gierigere und grimmigere Bestie als den Menschen. Der Wolf frißt den Wolf nicht, der Mensch aber verzehrt den Menschen bei lebendigem Leibe.«

»Nun Bruder, der Wolf frißt auch den Wolf, sag' du das nicht...«

»Das paßte mir so ins Wort und so sagte ich es. Dennoch gibt es kein Geschöpf, das grausamer ist. Wenn nicht die menschliche Bosheit und Gier, ließe es sich leben. Jeder denkt bloß, dich beim Leben zu packen, dir ein Stück zu entreißen und abzunagen.«

Ssemjon dachte eine Weile nach.

»Ich weiß es nicht, Bruder.« sagte er. »Vielleicht ist es auch so, und wenn es so ist, so ist es gewiß von Gott so bestimmt.«

»Wenn es aber so ist,« sagte Wassilij. »so haben wir miteinander auch nicht zu sprechen. Wenn man jedes Übel auf Gott schieben will und selbst nur dasitzen und dulden, so heißt es, Bruder, nicht ein Mensch sein, sondern ein Vieh. Das ist das, was ich zu sagen habe.«

Er wandte sich um und ging, ohne sich zu verabschieden. Ssemjon erhob sich ebenfalls.

»Nachbar,« schrie er. »warum schimpfst du so?«

Der Nachbar aber wandte sich nicht um und ging. Lange sah ihm Ssemjon nach, bis Wassillj an der Biegung des Weges verschwand. Er kehrte nach Hause zurück und sagte zu seiner Frau:

»Nun, Arina, einen Nachbar haben wir aber, Gift und kein Mensch.«

Aber sie waren miteinander nicht böse; sie begegneten einander wieder und sprachen wieder miteinander und immer vom selben.

»Ach, Bruder, wenn nicht die Menschen ... dann würden wir beide jetzt nicht in unserm Häuschen sitzen,« sagte Wassilij.

»Was, nun in dem Häuschen ... es macht nichts, man kann drin leben.«

»Man kann drin leben, man kann drin leben ... Ach du, hast viel gelebt und wenig erworben, viel geschaut und wenig gesehen. Was für ein Leben führt ein armer Mann, ob im Häuschen oder anderswo! Sie fressen dich auf, diese Menschenfresser. Den ganzen Saft fressen sie dir auf und. wenn du alt bist, werfen sie dich hinaus, vor die Schweine. Wieviel Gehalt bekommst du?«

»Wenig, Wassilij Stepanitsch, zwölf Rubel.«

»Und ich dreizehn und einhalb. Erlaube mal zu fragen, warum. Nach der Regel ist von der Verwaltung für alle dasselbe Gehalt ausgesetzt: fünfzehn Rubel im Monat mit Heizung und Beleuchtung. Wer denn hat mir und dir diese zwölf oder dreizehn und einhalb bestimmt? Erlaube mal mir, dich zu fragen. Und du sagst, man kann leben, begreife doch, es handelt sich hier nicht um die anderthalb oder drei Rubel. Wenn sie auch alle fünfzehn zahlen würden. Ich war auf der Station im vorigen Monat; der Direktor fuhr vorbei und so sah ich ihn. Ich hatte die Ehre. Er fährt in einem besonderen Wagen; geht auf den Bahnsteig hinaus, steht da ... ich bleibe hier nicht lange, ich geh' fort, wohin die Augen sehen.«

»Wohin willst du denn fort, Stepanitsch? Wenn man Gutes hat, soll man Gutes nicht suchen. Hier hast du ein Haus und Wärme und ein wenig Land. Deine Frau ist tüchtig ...«

»Land? Du solltest dir mein Land ansehen. Nicht eine Rute wächst auf ihm. Ich versuchte im Frühjahr Kohl anzupflanzen, da kam auch schon der Wegmeister. ›Was ist das?‹ fragte er. ›Warum ohne Meldung? Warum ohne Erlaubnis? Grabt ihn aus. Daß davon keine Spur übrig bleibt.‹ Er war betrunken. Ein andermal hätte er nichts gesagt, aber diesmal fiel es ihm ein ... ›drei Rubel Strafe‹.«

Wassilij schwieg ein wenig, machte einen Zug aus der Pfeife und sagte leise:

»Nicht viel fehlte es, da hätte ich ihn totgeschlagen.«

»Du bist aber hitzig, Nachbar, muß ich dir sagen.«

»Ich bin nicht hitzig, aber ich spreche und denke die Wahrheit. Ja, er wird's noch bei mir erreichen, diese rote Fratze. Beim Direktor selbst werde ich mich beschweren. Wir wollen sehen.«

Und in der Tat, er beschwerte sich.

Einmal fuhr der Direktor durch, um die Linie zu inspizieren. Drei Tage später sollten wichtige Persönlichkeiten aus Petersburg diesen Weg fahren: es wurde eine Revision vorgenommen, denn vor ihrer Durchfahrt mußte man alles in Ordnung bringen. Der Ballast wurde neu aufgeschüttet und glatt gestrichen, die Schwellen nachgesehen, die Krücken festgeschlagen, die Schrauben festgeschraubt, die Stangen angemalt. Auf den Überfahrten befahl man, gelben Sand zu streuen. Die Nachbarin, die Wächterin, jagte ihren Alten hinaus, das Gras auszujäten. Ssemjon arbeitete die ganze Woche; brachte alles in Ordnung, flickte sich auch die Jacke und putzte sie, und das Messingblech auf der Mütze rieb er mit einem Ziegelstein so, daß es leuchtete. Auch Wassilij arbeitete. Der Direktor kam auf einer Draisine. Vier Arbeiter drehten den Griff; die Zahnräder summten, das Wägelchen machte etwa zwanzig Werst in der Stunde, so daß die Räder nur so heulten. Es hielt vor Ssemjons Häuschen: Ssemjon sprang hinzu und stand stramm, wie ein Soldat.

Alles war in Ordnung.

»Bist du schon lange hier?« fragte der Vorgesetzte.

»Vom zweiten Mai ab, Euer Wohlgeboren.«

»Gut. Danke. Und wer ist in Nr. 164?«

Der Wegmeister, der mit ihm zusammen fuhr, antwortete:

»Wassilij Spiridonow.«

»Spiridonow. Spiridonow ... Ach, derselbe, den Sie voriges Jahr schon im Auge hatten.«

»Derselbe.«

»Nun gut, wir wollen uns Wassilij Spiridonow ansehen. Los.«

Die Arbeiter drückten auf den Griff, die Maschine geriet in Bewegung. Ssemjon sah ihr nach und dachte: »Na, sie werden mit dem Nachbar schon einen Tanz haben.«

Nach zwei Stunden machte er seinen Rundgang. Da sah er, daß jemand aus der Biegung über den Bahndamm kam. auf dem Kopfe hatte er etwas Weißes. Ssemjon sah, es war Wassilij, in der Hand einen Stock, auf dem Rücken ein kleines Bündel, die Backe mit einem Tuche verbunden.

»Wo willst du hin, Nachbar,« rief Ssemjon.

Wassilij trat ganz nah heran, sein Gesicht war entstellt, und weiß wie Kreide, die Augen wild; er begann zu sprechen und die Stimme brach ab. »In die Stadt,« sagte er, »nach Moskau ... zu der Verwaltung.«

»Zu der Verwaltung ... So also? Willst dich beschweren? Laß das, Wassilij Stepanitsch, vergiß.«

»Nein, Bruder, ich werd's nicht vergessen. Es ist zu spät. Du siehst, er hat mich ins Gesicht geschlagen, blutig geschlagen, so lang ich lebe, vergeß ich's nicht!

Ssemjon nahm ihn bei der Hand. »Laß es, Stepanitsch, ich rate dir gut. Wirst es nicht besser machen.«

»Was soll da besser werden? Ich weiß selber, daß ich's nicht besser machen werde. Du hast da die Wahrheit gesagt, von dem Schicksal. Ich werde für mich nichts verbessern, aber für die Wahrheit muß man einstehen.«

»So sag' mir doch, wie ist das alles gekommen?«

»Ja, wie? Er sah alles nach, stieg vom Wagen hinunter und sah in das Häuschen hinein. Ich wußte schon, daß er streng nach allem fragen wird und richtete alles, wie es sich gehörte. Er wollte schon fahren, aber da kam ich mit meiner Beschwerde. Da fing er sofort an zu schreien. ›Hier‹, sagte er. ›ist eine Regierungsrevision, du, so einer und so einer, kommst mit Beschwerden wegen des Gemüsegartens. Hier sind Geheimräte und du kommst mit deinem Kohl.‹ Ich konnte nicht an mich halten und sagte ein Wort, es war nicht einmal so schlimm, aber es hat ihn sehr gekränkt und er versetzte mir eine ... Und ich stand da, als wenn es sich so gehörte. Sie fuhren weg, und ich kam zur Besinnung. Hab' mir das Gesicht gewaschen und ging.«

»Und wie ist es mit dem Häuschen?«

»Meine Frau ist zurückgeblieben. Sie wird nichts versäumen. Und mag sie der Teufel holen, mit ihrem Weg.«

Wassilij erhob sich und wollte sich auf den Weg machen.

»Leb' wohl, Iwanitsch, ich weiß nicht, ob ich mein Recht finden werde.«

»Willst du denn zu Fuß gehen?«

»Auf der Station werde ich bitten, mich in den Güterzug hineinzulassen; morgen werde ich in Moskau sein.«

Die Nachbarn verabschiedeten sich: Wassilij ging und blieb lange fort. Seine Frau arbeitete für ihn, schlief nicht Tag und Nacht; sie war ganz von Kräften gekommen, auf den Mann wartend. Am dritten Tag fuhr die Revision vorbei: eine Lokomotive, ein Gepäckwagen, zwei Wagen erster Klasse. Wassilij war aber immer noch nicht da. Am vierten Tag sah Ssemjon seine Hausfrau; ihr Gesicht war vor Tränen geschwollen, und die Augen rot.

»Ist dein Mann nach Hause zurückgekehrt?« fragte er. Die Frau machte eine Bewegung mit der Hand, sagte nichts und ging ihres Weges.

Ssemjon hatte noch als Knabe gelernt, aus Weiden Pfeifen zu schnitzen. Er brannte so einem Weidenrohr das Mark aus, machte Löcher, wo es nötig war und richtete es so sein ein, daß man alles Mögliche auf ihm spielen konnte. Er machte in der freien Zeit viele Pfeifen und schickte sie mit einem bekannten Kondukteur vom Güterzug in die Stadt auf den Markt und bekam zwei Kopeken für das Stück. Am dritten Tag nach der Revision überließ er es der Frau zu Hause, dem Sechsuhrzug zu begegnen, nahm selbst ein Messerchen und ging in den Wald, um Rohr zu schneiden. Er erreichte das Ende seines Reviers – an dieser Stelle machte der Weg eine harte Biegung, stieg vom Bahndamm herunter und ging durch den Wald, den Berg hinab. Eine halbe Werst weiter befand sich ein großer Sumpf und um ihn herum wuchsen ausgezeichnete Sträucher für seine Pfeifen. So schnitt er einen ganzen Bund Rohre und ging nach Hause. Er ging durch den Wald; die Sonne stand schon niedrig: es herrschte Totenstille, man hörte nur, wie die Vögel zwitscherten und die Kieselsteine unter den Füßen knirschten. Ssemjon ging noch eine Weile weiter, bald erreichte er den Bahndamm und plötzlich schien ihm, als wenn er noch etwas hörte: als wenn Eisen gegen Eisen klirrte. Ssemjon ging rascher. Damals wurde in seinem Revier nicht ausgebessert: »was könnte das bedeuten?« dachte er. Er ging auf den Waldrand hinaus, vor ihm erhob sich der Bahndamm. Oben auf der Linie hockte sich ein Mensch nieder und tat etwas; Ssemjon stieg leise zu ihm hinauf: er dachte, es wollte jemand die Schrauben stehlen. Da sah er – und auch der Mann erhob sich – in seinen Händen ein Stemmeisen; er faßte mit dem Stemmeisen die Schiene von unten und drehte sie zur Seite. Ssemjon wurde es dunkel vor den Augen: er wollte schreien, konnte aber nicht. Da sah er Wassilij und lief hinauf. Dieser aber rollte sich auf der andern Seite des Bahndamms hinunter mit dem Stemmeisen und Schraubenschlüssel.

»Wassilij Stepanitsch, Väterchen, Lieber, kehr, um! Gib das Stemmeisen. Wir wollen die Schiene wieder richten, niemand wird's erfahren. Kehr' um, rette deine Seele vor der Sünde.«

Aber Wassilij wandte sich nicht um und ging in den Wald.

Nun stand Ssemjon vor der verschobenen Schiene; er ließ seine Rohre fallen, kein Güterzug, sondern ein Personenzug sollte kommen, und er hatte nichts, um ihn zum Stehen zu bringen. Er halte keine Flagge bei sich. Die Schiene konnte er nicht auf ihren früheren Platz bringen; die Krücken konnte man mit den bloßen Händen nicht befestigen. So mußte er laufen, mit aller Kraft laufen, um aus seinem Häuschen irgendwelche Hilfsmittel zu holen. »Herrgott, hilf!«

Ssemjon lief in sein Häuschen, er verlor fast den Atem. Er konnte kaum mehr laufen. Als er aus dem Walde kam – bis zu seinem Häuschen waren nicht mehr als hundert Faden geblieben – da hörte er die Fabrikpfeife ertönen. Sechs Uhr. Und zwei Minuten nach sechs sollte der Zug vorbeikommen. »Herrgott! Rette die unschuldigen Seelen!« Ssemjon stellte es sich lebhaft vor: die Lokomotive wird mit dem linken Rad gegen die Schieneneinfassung fahren, wird aufzucken, sich zur Seite krümmen, dann die Schwellen herunterreißen und sie zertrümmern, dann kommt die Biegung, eine Rundung, der aufgeschüttete Damm, dann fällt sie hinunter, elf Faden tief, die dritte Klasse ist voll von Menschen, kleine Kinder... Jetzt sitzen alle drin und denken an nichts. Herrgott, schicke mir eine Erleuchtung ... nein, das Häuschen zu erreichen und rechtzeitig zurückzukommen, war unmöglich...

Ssemjon lief nicht mehr zum Häuschen, wandte sich zurück und lief schneller als früher. Er lief fast ohne Besinnung; er wußte selbst nicht, was geschehen würde. Er erreichte die verschobene Schiene. Seine Rohre lagen noch in Haufen herum. Da bückte er sich, ergriff eines von ihnen, ohne zu verstehen, wozu und lief weiter. Es schien ihm, daß der Zug schon kam. Er hörte einen fernen Pfiff, nun hörte er, wie die Schienen gleichmäßig und leise zu ticken anfingen. Weiterlaufen konnte er nicht; er blieb stehen, etwa hundert Faden von der schrecklichen Stelle entfernt: Hier fühlte er seinen Kopf wie von Licht erleuchtet. Er nahm die Mütze ab, nahm aus ihr sein baumwollenes Tuch hervor; zog aus dem Schaft des Stiefels sein Messer: bekreuzte sich, »Gott segne mich«.

Er schnitt sich mit dem Messer in die linke Hand oberhalb des Ellenbogens; das Blut schoß hervor und ergoß sich im heißen Strom; er durchnäßte damit sein Tuch, breitete es aus, band es auf den Stock und hob seine rote Flagge.

Er stand da und bewegte seine Flagge, jetzt war schon der Zug sichtbar. Der Zugführer sieht ihn nicht, da muß er näher herangehen; denn auf hundert Faden konnte er den schweren Zug nicht aufhalten.

Das Blut aber rann und rann; Ssemjon preßte die Wunde an den Körper, er wollte sie auf diese Weise schließen, aber das Blut wurde nicht still; er halte seinen Arm offenbar tief verletzt. Der Kopf begann sich ihm zu drehen; vor den Augen flogen schwarze Fliegen, dann wurde es ganz dunkel; in den Ohren tönte Glockengeläute. Er sah nicht mehr den Zug und hörte keinen Lärm mehr; nur einen Gedanken hatte er im Kopf; ich kann nicht mehr stehen, ich werde hinfallen, die Flagge fallen lassen; der Zug wird über mich hinweggehen ... hilf Gott, schick mir Ablösung ...

Und es wurde ihm schwarz vor den Augen und leer in seiner Seele und er verlor die Flagge. Aber die blutgetränkte Fahne fiel nicht auf die Erde. Eine Hand hatte sie ergriffen und hielt sie hoch dem herankommenden Zug entgegen. Der Zugführer bemerkte es, machte den Regulator zu und stoppte. Der Zug hielt.

Aus dem Wagen sprangen die Menschen heraus und drängten sich in einem Haufen zusammen. Da sahen sie: ein Mensch lag ganz mit Blut bedeckt, besinnungslos; ein anderer stand neben ihm, mit dem blutigen, auf einem Stock gebundenen Lappen in der Hand.

Wassilij sah alle an und senkte den Kopf: »Bindet mich, ich habe die Schiene verschoben.«

Über tredition

Eigenes Buch veröffentlichen

tredition wurde 2006 in Hamburg gegründet und hat seither mehrere tausend Buchtitel veröffentlicht. Autoren veröffentlichen in wenigen leichten Schritten gedruckte Bücher, e-Books und audio-Books. tredition hat das Ziel, die beste und fairste Veröffentlichungsmöglichkeit für Autoren zu bieten.

tredition wurde mit der Erkenntnis gegründet, dass nur etwa jedes 200. bei Verlagen eingereichte Manuskript veröffentlicht wird. Dabei hat jedes Buch seinen Markt, also seine Leser. tredition sorgt dafür, dass für jedes Buch die Leserschaft auch erreicht wird.

Im einzigartigen Literatur-Netzwerk von tredition bieten zahlreiche Literatur-Partner (das sind Lektoren, Übersetzer, Hörbuchsprecher und Illustratoren) ihre Dienstleistung an, um Manuskripte zu verbessern oder die Vielfalt zu erhöhen. Autoren vereinbaren direkt mit den Literatur-Partnern die Konditionen ihrer Zusammenarbeit und partizipieren gemeinsam am Erfolg des Buches.

Das gesamte Verlagsprogramm von tredition ist bei allen stationären Buchhandlungen und Online-Buchhändlern wie z. B. Amazon erhältlich. e-Books stehen bei den führenden Online-Portalen (z. B. iBookstore von Apple oder Kindle von Amazon) zum Verkauf.

Einfach leicht ein Buch veröffentlichen: **www.tredition.de**

Eigene Buchreihe oder eigenen Verlag gründen

Seit 2009 bietet tredition sein Verlagskonzept auch als sogenanntes "White-Label" an. Das bedeutet, dass andere Unternehmen, Institutionen und Personen risikofrei und unkompliziert selbst zum Herausgeber von Büchern und Buchreihen unter eigener Marke werden können. tredition übernimmt dabei das komplette Herstellungs- und Distributionsrisiko.

Zahlreiche Zeitschriften-, Zeitungs- und Buchverlage, Universitäten, Forschungseinrichtungen u.v.m. nutzen diese Dienstleistung von tredition, um unter eigener Marke ohne Risiko Bücher zu verlegen.

Alle Informationen im Internet: **www.tredition.de/fuer-verlage**

tredition wurde mit mehreren Innovationspreisen ausgezeichnet, u. a. mit dem Webfuture Award und dem Innovationspreis der Buch Digitale.

tredition ist Mitglied im Börsenverein des Deutschen Buchhandels.

Dieses Werk elektronisch lesen

Dieses Werk ist Teil der Gutenberg-DE Edition DVD. Diese enthält das komplette Archiv des Projekt Gutenberg-DE. Die DVD ist im Internet erhältlich auf **http://gutenbergshop.abc.de**